谨以此书，纪念我们终将逝去的青春！

# 青春就是仰望晴空

大佬鸣 著

暨南大学出版社
JINAN UNIVERSITY PRESS

中国·广州

图书在版编目（CIP）数据

青春就是仰望晴空/大佬鸣著. —广州：暨南大学出版社，
2023.5
ISBN 978 – 7 – 5668 – 3576 – 5

Ⅰ.①青…　Ⅱ.①大…　Ⅲ.①长篇小说—中国—当代
Ⅳ.①I247.5

中国版本图书馆 CIP 数据核字（2022）第 243279 号


**青春就是仰望晴空**
QINGCHUN JIUSHI YANGWANG QINGKONG
著　者：大佬鸣
····················································································

出　版　人：张晋升
策划编辑：潘雅琴
责任编辑：潘江曼
责任校对：刘舜怡　梁念慈
责任印制：周一丹　郑玉婷

出版发行：暨南大学出版社（511443）
电　　话：总编室（8620）37332601
　　　　　营销部（8620）37332680　37332681　37332682　37332683
传　　真：（8620）37332660（办公室）　37332684（营销部）
网　　址：http：//www.jnupress.com
排　　版：广州良弓广告有限公司
印　　刷：广州市友盛彩印有限公司
开　　本：850mm×1168mm　1/32
印　　张：7.25
彩　　插：4
字　　数：141 千
版　　次：2023 年 5 月第 1 版
印　　次：2023 年 5 月第 1 次
定　　价：38.00 元

（暨大版图书如有印装质量问题，请与出版社总编室联系调换）

青春 就是 仰望 晴空

to youth

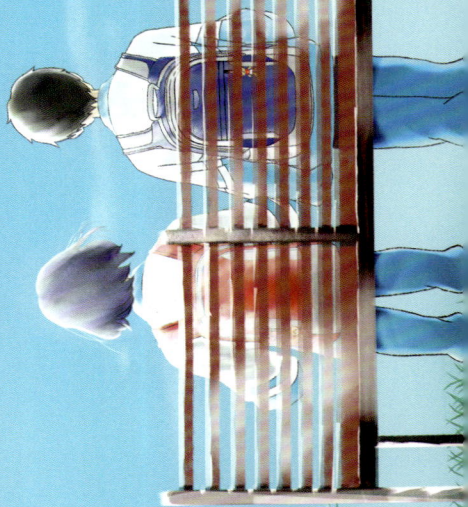

晴空就是青春给我仰望

To Youth

# 目　录

# 引　子

盛夏七月，骄阳似火。

知了在树头吱吱地叫着，仿佛是高温预警的信号，虽然正午已过，但依旧烈日炎炎。广州市越秀区的一条街道上，人潮涌动，熙熙攘攘的人们步履匆匆，似乎大家都有一个想法，要赶紧找一个凉快的地方避避暑。

夏日的酷热总是搅得人心浮气躁，难以静下心来专注一件事，都市文艺青年们往往会买杯冰咖啡，然后钻进书店，挑本喜欢的书，找个自在的角落，享受午后的惬意。

这样的选择便给了实体书店一个新商机——在书店里开家咖啡厅。枫叶书店便是这一举措的先行者，也是在新形势下实体书店实行多种经营模式的成功案例。

咖啡厅设在书店一楼的东南角，前来书店的顾客一推开门便能闻到现磨咖啡豆的浓浓香气。由于咖啡厅的开放式半包围布局，顾客们经常可以看到店员从货架上利落地拿下一包包咖啡豆放在吧台上，然后轻轻地拍打装着咖啡豆的袋子，让里面醉人的香气缓缓地弥散开来。

咖啡厅是北欧的极简风格，内部只有 50 平方米左右，但麻雀虽小五脏俱全，内设木质单人圆桌和带有靠背的沙发椅，每张桌子的旁边设有电源，可以为自带电子设备的读者提供方便。因为众多便利，这里成了年轻顾客们的热门去处，总是挤满了人。即使如此，这里也可以用安静来形容，店员和前来买咖啡的读者只有短暂的点单交流，情侣坐在窗前小声交谈，可以说，这个空间里最大的声音就是咖啡机转动着磨豆子的声音，还有就是打奶泡的蒸汽声。

枫叶书店成立已有二十年之久，显然算是有些年头的书店了，它一直紧跟时代发展的潮流，顺势而为，经常举办读书会、签售会等众多文化活动，吸引了大批忠实读者，在这个城市自然也是小有名气。

7 月 23 日下午两点，枫叶书店宽阔的大堂里人潮涌动。一场新书发布会正在进行，现场读者有两三百位，小有规模。这是一场由花城读书会主办的新书发布会，主讲是位年轻人，名叫麦特稀，朋友们都唤他稀子。

喜欢走在时尚前沿的麦特稀符合双子座的所有特性，目前是一家世界 500 百强企业集团品牌部新媒体运营总监，年薪符合这家企业的定位，工作还算体面。每周六天朝九晚五的都市节奏并没有让他泯然众人，其"文艺青年"的标签似乎从未因为年龄的增长而褪色。平日里，除了时不时全国各地乃至出国的出差机会让其可以一览异域风情而感到畅快外，他还经常会报名参加当地读书会的活动。酷爱阅读、爱好广泛的他会与志同道合的朋友在周末分享各种心得体会，当然还会参观各种艺术展，参加论坛讲座，也会定时锻炼，麦特稀的生活算充实的，在忙碌中算过得有声有色。

此时的麦特稀正坐在书店一楼的中央，左手随意而又松弛地放在大腿上，右手握着话筒，准备接受读者的提问。

"麦总，请问，您创作这本书花了多长时间？"

麦特稀听后循着声音看向提问的观众，点头微笑示意后，做了片刻思考。

"如果从产生创作灵感的念头算起，大概有十年了。"

麦特稀顿了顿，"十年间，我经常回忆以前工作时的点滴时光，每想起一些内容，有感而发，就随手把它们记录下来，但真正想要写成一本完整的书，从提笔到完稿大概花了三个月的时间吧"。

"也就是说，您创作这本书几乎是一气呵成的，可以这样理解吗？"

"是的，可以这样理解。这是我的第一本书，虽然现在回想起来依旧有些遗憾，有些地方的处理还是略显生疏，但它是真正开启我写作之旅的一把钥匙，未来希望能带给大家更多、更好的不同类型的作品。"

2019 年 7 月 23 号，对麦特稀而言是一个特别重要的日子，工作十年，他人生的第一本书在这天正式出版发行，而且举办了一场独特的新书发布会。

平日经常参加发布会的麦特稀，可谓见惯大场面，如今突然要举办属于自己的新书发布会，多少还是有点儿紧张。尽管在当下这个自媒体繁荣的移动互联网时代，出书早已不像以前那般隆重，但这毕竟算是对自己工作十年的一个总结，要认真做好它，才算对得起自己，对得起持续支持他的朋友们。

读者见面会进行得很顺利，不断有读者提出各种各样的问题。麦特稀也有条不紊地一一作答。

"好的，感谢大家的热情提问，由于时间关系，我们继续下一个环节，有请麦总进行新书签售。"

这次请来的主持人控场能力一流，精准地把控着时间，将发布会的流程一步一步自然地过渡下去。

另一边，麦特稀麾下的新媒体团队也开始忙碌起来，将书搬出来码好，到场的书迷朋友们在工作人员的指引下有序地排起了蛇形长队，等待麦特稀签售。

枫叶书店特意把一楼的小广场作为本次发布会的活动场地，这是一个菱形空间，麦特稀坐在广场的中央，此时的他正埋头于在一本本递来的新书扉页上签下自己的名字，后面是正忙着安置新书的团队，前面是排队等待着的读者。

不知不觉中，时间过去了好一阵子，排队签名的队伍也在逐渐缩短，还剩一个人拿着书在等待。

正当麦特稀"奋笔疾书"时，一个温柔的声音从他的头顶上方传来，"麦总，给我签个名吧"！

麦特稀先是一怔，发现一双白皙的手拿着一本自己的新书，上面还夹着一支钢笔。

"好的，谢谢支持。"

麦特稀左手接过书来，右手取下上面的钢笔，想都没有多想便签上了自己的名字，签好后把书递了回去，这才有机会仔细看清对方的样子。

接近一米七的个子，蓝色七分牛仔裤搭配粉色碎花 T 恤，干净、利落的短发，看上去极为干练，面容白皙，标准的鹅蛋脸，高高的鼻梁，一双大眼睛满含笑意。

麦特稀不由得一愣，产生了一种似曾相识的错觉。

"两位都在呀，正好！麦总，跟您介绍一下，这位是枫叶书店负责活动策划的艾瑞斯，之前一直是由她和我们对接发布会的相关工作。"

麦特稀的助理刚结束手头工作，回头一看发现自己领导与合作方站在一起，便赶紧过来做介绍，毕竟之前麦特稀出差，与这边的负责人还没见过面。

"艾瑞斯，你好！"

原来是枫叶书店活动策划的负责人艾瑞斯。怪不得这声音感觉似曾相识，麦特稀心想。

　　虽然两人近期经常有业务往来，但由于工作安排，新书发布会前的一个星期，麦特稀出差去了北京，因此有关这次发布会的相关事宜甚至是实地考察都交由他的助理进行接洽。麦特稀偶尔会通过语音通话与艾瑞斯商谈，讨论新书发布会的细节流程。

　　可以说，麦特稀与艾瑞斯线上已经是合作伙伴关系了，但两人从未有机会在线下正式见面。麦特稀也没有想到与艾瑞斯的第一次见面竟是以这种形式。刚刚还以为她是位普通读者。

　　"您好，麦总，终于见面了。之前我们一直在线上联络，难怪您没认出我来。"

　　艾瑞斯主动解围，化解了两人初次见面的小尴尬。

　　此时的麦特稀望着眼前的艾瑞斯，心中泛起波澜——刹那的感觉，似乎已经有十多年没有过了，怎么可以如此相像呢？不可能的！以为经历了这些年，自己早已释怀，没想到在这一刻，他尘封的记忆像被唤醒了，但她并不是她啊！她的言谈举止竟让他产生了一种熟悉感，不由得让他的思绪飞回 18 年前……

# 篮球少年初长成

　　深希中学体育馆二楼篮球场，一年一度的全国高中篮球联赛正在激烈地进行中。这场比赛的冠军队将代表学校所在的大区，参与全国高中篮球联赛。

　　上半场比赛已经结束，下半场开场，麦特稀所在的球队仅领先对手1分，可以说下半场比赛一开场便立刻进入白热化状态。

　　稀子是左撇子球员，平日最擅长的三分投射在下半场开局后持续发挥功力，在连续命中两球后，不仅己方教练开始围绕他制定战术，对手也不再轻视这名高一"菜鸟"，派出专人对位贴身防他。

　　稀子打小就是一个有运动天赋的孩子：小学阶段头四年踢足球，是一名不错的前锋；接下来两年进了校乒乓球队，虽然没有拿到特别厉害的荣誉，但毕竟参加了同年龄段的市级比赛，在学校层面也算是出类拔萃的；小学五年级在练乒乓球的同时，受日本漫画及 NBA 的影响，开始打篮球。

稀子喜欢《灌篮高手》里翔阳高中的队长兼教练藤真健司，然后是湘北高中的三井寿，这也奠定了他后来勤于分析、善于投射三分的风格。中学时，他能够被篮球队、游泳队、田径队同时相中，足以说明一切。

身体素质过硬，加上熟练掌握多项运动技能，高中刚入学没多久，麦特稀便顺利入选深希中学篮球校队！出于对《灌篮高手》的极度热爱，再加上得天独厚的身高优势，外加篮球这项运动被男生们公认为是最能吸引女生注意力的运动……稀子在几乎同时收到篮球队、游泳队、田径队的三大校队教练发出的邀请后，仅犹豫了 2.5 秒，便选择加入校篮球队。

稀子本就有很好的篮球基础，加上校队专业教练的训练指导，错误的姿势得以纠正，基本功愈发扎实，球技可谓突飞猛进。稀子的篮球天赋有目共睹，他也知道自己的领悟力的确很强，但是既然到了重点中学的校队，自己就应该加倍努力才能在众多高手中脱颖而出。因此，对于每天的训练，他格外重视，风雨无阻。没过多久，被教练视作会用脑子打球的他，有幸成为今年最具潜力的新人之一。而此时此刻，他正以校队主力控卫的身份出场，这亦是他的高中篮球联赛首秀。

与各位师兄同场竞技，台下同学们山呼海啸，这次深希中学的对手是一直以来的劲敌——番禺中学。

深希中学是本地综合排名第一的全国重点中学，校篮球队员自然也是优中选优，如果说深希中学在联赛中获得了第二名，那么第一名有且只有一个可能——后来培养出国手的番禺中学。

番禺中学应该算是近两年来校际篮球赛的后起之秀。去年，番禺中学在校际篮球赛中崭露头角，虽然最终惜败深希中学，获得第二名，但其实力已不可小觑。经过优中选优，当时的天才少年张江华、黄梁转入番禺中学，他俩一内一外，更是让番禺中学如虎添翼，在众多比赛中傲视群雄。

张江华到底有多强？教练们都认为，他未来极有可能入选国家队。而在数年后，当年的预测真的变成了现实！

此时，稀子所在的深希中学校队，正在与由张江华率领的番禺中学校队进行最后的冠军争夺。

97∶96。场上的计时器显示着距离比赛结束还有1分46秒，深希中学仅以一分优势暂时领先。

"唰"！只听一声篮球打板入网的声音，随之，场上爆发阵阵喝彩！

"番禺中学张江华突破后跳投再进一球！不愧是天才少年！"

解说员激动地解说着，再次点燃了刚刚平息的欢呼与尖叫。

97∶98。此时距离比赛结束不到一分钟！稀子有些着急，他不想错过这千载难逢的全国联赛，毕竟这是他一直以来梦寐以求的机会。

"稳住!"

稀子听到队长的喊话。

"稳住,还有机会。"

稀子全神贯注地观察着场上对手的一举一动,同时给自己一个肯定的心理暗示,快速果断地变换着步伐,寻找着反击的最佳时机。

此时,一位队友直插篮下抢到进攻篮板,本以为他要直接在篮下打板得分,没想到他虚晃一枪,一个假动作快速将球传给了在三分线外伺机而动的稀子,稀子顺利持球。

距离比赛结束还有十秒,稀子佯装运球突破,刚迈进三分线区域又来了一个急停,没时间了!补防的对手过来试图封盖他,此时稀子选择后撤步快速移动至三分线外,并在第一时间腾空跃起后仰出手,动作一气呵成,一道完美的弧线伴随着全场结束的计时器的响起,球应声入网,100:98,深希中学赢了!绝杀!

# 单车棚的别样邂逅

校际篮球联赛结束后，稀子的压哨三分让他在年级乃至学校小有名气。但他毕竟不是什么大帅哥，也并非学校的风云人物，因此并没有因为大家对自己的夸奖而飘飘然，依旧是按部就班地过着每天三点一线的生活：课上认真学习、课后努力训练、回家好好休息。

每天清晨，麦特稀都骑着当时流行的流川枫同款山地自行车上学，到学校把车停在车棚后，大步走向教室，开启一天的学习。在结束一天的课业后，稀子就背上运动包跑向学校体育馆训练。

像深希中学这样的重点中学，竞争、压力都特别大，高一年级刚开学没几天就开了高考动员会，强调什么倒计时观念，弄得大家都紧张兮兮的。

稀子有自知之明，虽然初中也在本部，但他是靠篮球特长加分才勉强过分数线的，自知绝对不是做学霸的料，能够在班中排行中游，已属成功。幸好初中时不少熟悉的玩伴同样升入同校高一，其中莹贤人和好兄弟饱龙都分在了六班，有些许亲切感总比完全陌生要强。

高中生活就这样顺利开始了，家里、学校、球场三点一线的生活日复一日，学习、打球，周末再选一门自己喜欢的课外兴趣班，看似简单甚至有点枯燥的日子也并非完全没有乐趣，有目标就有动力，生活总是处处有惊喜！

这天，稀子同往常一样，在体育馆里和队友们一起训练。自从上个星期他们赢得了校际篮球联赛的冠军后，队里放了一天假作为奖励，然后一切又恢复了正常，毕竟还有下一个目标要力争实现，因此时间反而更加紧迫了——一个月后，他们将代表学校出战全国高中篮球联赛。

总之，时间紧、任务重，队里上上下下都不敢懈怠，每个人都清楚，现在争分夺秒，是为了能够在更大的赛场上大放异彩。

稀子打完球走到球场边的座椅旁，一手抄起椅子上的白毛巾转身刚要坐下，眼前出现一只拿着纸巾的白皙的手。

"擦擦汗吧。"

女孩的声音干净清澈，从稀子头顶上方传出，稀子一下子没反应过来，礼节性回复"谢谢"，随即接过女生手中的纸巾顺势坐下，在自己的脸上随意擦了两下后，抬起头看着对面站着的女孩。

"你好像很面生啊，以前没见过，你是新来的同学吗？"

"是啊，我是高一刚转来的。"

稀子不好意思地点点头，笑着问道："你从哪个地方转来的？"

"我从东北吉林转来的，我们那儿四季分明，不像广州，一年四季都这么热。"

简单交流后，稀子拿上所有物品走向单车棚，准备骑车回家，想想晚上还有一大堆作业等着他，感觉头都大了，他在上车前不禁用手拍了下脑门。

深希中学的体育馆很大，一层设有篮球场、羽毛球场、排球场和乒乓球场四大主要运动场地，在篮球场旁边是舞蹈教室，专门供校体操队和舞蹈队排练使用。二层分布着各种健身器材，更衣室和浴室也都设在二楼。游泳馆和足球场不在体育馆内，是单独的两个地方。平时稀子就在体育馆里的篮球场训练。

第二天，稀子提前来到体育馆篮球场，他又看到昨天递纸巾的女孩，并对她微笑致意。

"Hi！又见面了，今天还是个大热天呢！"

"Hello，可不是吗？一会儿训练记得多补充水分哦。"

"你为什么要来广州上学？"

"没有办法呀，父母工作调动到了广州，我也只好跟着来了。"

"你来多久了？"

"已经一个学期了，这是第二个学期，我参加了学校的体操队和舞蹈队，就在你们隔壁训练，我原来在吉林的时候也参加了学校的体操队和舞蹈队。"

"那我们训练时间应该差不多，篮球队经常下午四点半以后练球，好像偶尔也可以看到舞蹈队在训练。"说着稀子顺手指了指篮球场旁边的舞蹈教室。

"我就是在跳舞的时候注意到你了，你的三分球真的很漂亮，经常看你远投三分球呢。"

女孩说完略显不好意思，毕竟是当着男生的面表达自己的欣赏，还是会有些害羞，脸一下红了，然后低下头看了下自己的鞋子，两只手不由自主地握在了一起。

稀子也被这突如其来的夸赞搞得有些不知所措，抬手摸了摸后脑勺。

"还好啦，欢迎你经常来看我们打球，我们每周一、三、五全时段都在篮球馆训练；周二、四会去健身房练完力量后再回篮球馆继续训练，最近可能还要增加强度，因为我们很快要去参加全国高中篮球联赛了。"说着说着，一个队友从身边走过，两人相互击掌致意。

"好呀！我的休息时间结束了，我也得回去练舞了，要为迎新晚会排练节目。"女孩挥挥手，转身快步跑向舞蹈教室。

望着女孩的背影，稀子想：这是一个多么活泼可爱的女孩子啊，哎呀，还不知道叫啥呢，不过来日方长，下次见面一定问一下……

两人短暂的交谈是愉快的，只不过都没有问对方的名字就匆匆别过，稀子觉得有一点儿遗憾，可转念一想，大家都经常来体育馆训练，总有机会再碰面，下次问便好。

彼时，女孩因为害羞随意找了个"休息时间有限"的说辞赶紧跑开了，其实她也想跟男生多说几句话，想着也许男生再说两句就会问她的名字，这样他们就可以很自然地认识了。

"可是喜欢看他打球的女孩子那么多，他会注意到我吗？"

每次他和队友们打完球下场后都有许多女生一窝蜂地跑来给他们送运动饮料、矿泉水，或是男孩子喜欢喝的可乐、雪碧之类的。有的女孩子还会递上纸巾，供他们擦汗。女孩心想，虽然今天和自己关注很久的男生有了短暂的交谈，但似乎也没说上什么话，甚至连自己的名字都没来得及留下就草草结束了。

"过了今天，他还会记得我吗？"

想到这里，晴子心中不免有些失落和后悔，下意识地摇摇头，耷拉着脑袋，默默拿起角落里的背包，回家。

入夜，明亮的月光透过玻璃窗洒进房间，整个房间都像披上了一层银光，晴子躺在床上，翻来覆去睡不着。麦特稀打球时的英姿反复出现在她的脑海里，心动的感觉让她觉得有点烦躁，最后，干脆起身，开灯，轻手轻脚地拉开椅子，坐在了书桌旁。

"书是治疗失眠最好的药。"晴子心想着，顺手在书架上拿了一本离自己最近的书——《动物世界》，开始自我催眠。

晴子一只手托着下巴，另一只手随意翻动着《动物世界》，眼睛有一搭没一搭地看着书页上各式各样动物。突然，她耷拉着的脑袋立了起来，眼睛泛着光，仿佛刚刚还是电量不足的手机，现在又重新充满了电。晴子的目光停留在了书页上的一处——关于一种鸟的简介："火烈鸟……自由洒脱，优雅美丽，青春活力，不知空乏为何物，肆无忌惮地挥洒青春……火烈鸟象征着忠贞、矢志不渝的爱情。"

"我要给他写一封信，而且要足够特别！一来向他正式介绍一下自己，二来让他可以好好了解一下我！"说着，晴子便开始翻自己的书包，拿出一沓彩色卡纸。

晴子是个心灵手巧的女孩儿。这句话最早是晴子幼儿园的老师对她的表扬。在晴子小的时候，每次上手工课，幼儿园的老师都会夸她折的小动物生动形象，然后拿着晴子的手工作品给其他小朋友"传阅"。

晴子想发挥自己的手工长处，让对方知道自己是个特别的存在。她要折一只火烈鸟随信一起给他。想到这儿，晴子不由地小脸一红，害羞地咬了咬下嘴唇。

但是，如何把信给麦特稀呢？如果在篮球场上叫住他给他，那样太显眼了，被大家看到也不好。要是送到他班上就更惹人注目了……短短5分钟，晴子就把自己的想法否决了不知道多少次，思来想去，脑海中突然出现一天早上麦特稀骑着单车从她身旁路过的场景。

有了！如果没记错的话，麦特稀每天都会骑车来学校，然后把车子停在单车棚，如果自己把信悄悄地放在他的单车上，他不但能看到，而且不会被其他同学发现。

"这可真是个完美计划！"晴子心想，于是美滋滋地开始了自己的创作……

当晴子完成一切后，小心翼翼地把写满了心里话的信和自己用心制作的火烈鸟折纸依次放进了牛皮纸信封，封口，然后装进了自己的书包里。

"大功告成！"晴子心满意足地笑着，蹑手蹑脚地回到了床上，很快就进入了梦乡。

时隔一周，稀子再也没有见到那天送纸巾的女孩，每到训练的那一天，他都会不自觉地朝舞蹈教室那个方向望望，但似乎这两天她们并没有排练，又或者时间刚好错开了，每次见里面都空无一人。

稀子觉得纳闷，不免内心也有点儿小小的失落。但眼看比赛在即，他还是应该把全部精力用在训练上。稀子相信，每一滴汗水都意味着离更大的赛场、离成功更近一步。

黄昏时分，大汗淋漓的稀子从体育馆走出来，提着沉甸甸的背包，像往常一样朝单车棚走去。刚完成今天训练的他得赶紧回家整理复习资料，再过几天就要月考，毕竟之前和班主任黄老师有过承诺，此番月考必须比上一次有明显进步，以证明训练不会影响学习成绩。

来到自己的单车前，稀子被眼前一幕"吓"到了——在他单车的变速器上，夹着一个粉色信封，显然是有人专门放在那里的。麦特稀四下张望，空无一人，随即便把信放进书包里，右腿跨上车扬长而去……

收信这样的事对稀子而言，可谓第一次！回家的路上，稀子一直都在琢磨这件事，会是谁写给我的呢？是认识的吗？写了什么呢？很奇怪，一向急脾气的他，并没有立马拆信，到家后，他放下背包，洗个澡，吃完饭，在房间里完成第一轮复习后，他才从书包里拿出这封信，小心翼翼地拆开。

亲爱的麦特稀同学：

你好！不知收到这封信的你是否会被吓到？先自我介绍一下，我叫晴子，是你的同学，在高一（二）班，标准的天秤座女生。希望你不要觉得突兀，我是你的球迷，刚到广州、入读深希中学时曾有那么一段不太适应的日子，其间我都是靠看你们打球熬过来的。我很喜欢篮球，每天放学都会去体育馆看你们训练，不过经常窝在角落或二层看台区域，你肯定没注意到我，哈哈。

从看你们训练的那一天起，我就对你印象深刻，不仅是球技，还有你的长相，你长得特别像我的好朋友阿木。说实话，要不是父母工作调动一定要南下，我是不太愿意来广州读高中的，即便深希中学特别优秀，但我放不下包括阿木在内的好朋友们。看到你如此像他，真是吓到我了！嘻嘻，希望没有吓到你，我很好奇，不知道你俩的个性是否也像。总之，后来看训练，我主要关注你的表现，作为高一新队员，你的努力大家看在眼里，你的发挥配得上做主力，不要理会那些流言蜚语。继续加油，我会一直支持你的。

对了，半个月前的事儿不知你是否还有印象，你们获得校际篮球联赛区域冠军后，平日的训练强度变得更大了。有一天你们训练完走下场，我看你浑身大汗，给你递去纸巾，你接过后还跟我说了声"谢谢"，你记得吗？那个女孩儿就是我！

写这封信给你，就是很想和你认识一下，我的手机是……不知道是否有这样的机会呢？到现在我依旧记得你那记压哨三分球呢！觉得你挺酷的，不予理会也没关系，你不需要在乎我的存在，但我也很期待你的回复。

哦，对了！这儿还有个想送你的小礼物，是我折的火烈鸟，火烈鸟的脚上有一个自动装置，你可以拿到阳台上，开启这个自动装置，然后……先卖个关子，就不告诉你了，你一会儿自己打开便知，算是我给你的小惊喜！希望你喜欢！

祝一切都好。

晴子

读完这封信，稀子来到阳台。繁星璀璨，稀子望着夜空，按照晴子信中说的那样轻轻地打开火烈鸟脚上的装置，好奇地看着会有怎样的结果。

突然间，这只火烈鸟飞上了天空，原来那是一个自动烟花装置！这只纸火烈鸟慢慢地变成了一只飞翔着的非常漂亮的鸟，伴随着烟花噼里啪啦的声音，在整个灿烂辉煌的夜空中，留下了十分动人的画面。

就是这个画面，深深地印在了稀子的脑海，以至于很多年以后，每当看到烟火，都会不由自主地想起晴子当年送给他的那只火烈鸟。虽然那是暂时的美丽，但那么深刻，那么令人难忘。

看到眼前如此惊喜的一幕，稀子心中有点儿窃喜，没想到自己因为打球，也能收获粉丝的关注与支持了。不过，对于半个月前训练后有女生递纸巾一事，他确实印象不深，或许是当时和队友们还没完全走出训练的状态吧，一声道谢只是出于本能反应。早知道就应该多留意下。

　　毕竟生平第一次收信，揣着七分欣喜与三分遗憾的麦特稀，立马拨通了好兄弟饱原的手机，与他分享了这件事。

　　这里有一个故事，高一军训后，六班就蹦出一个"饱饱三兄弟"的小团体——饱龙、饱原、饱稀，这三个一米八以上的大高个儿特别投缘，因此走到了一起，后来也成了一生的兄弟。"饱饱三兄弟"时常在吃饱饭后高谈阔论、谈古论今，"吹水"更是到了新的境界与高度，也由此得名。他们平日友情坚固，是那种有秘密、心事都会拿出来分享的关系。饱原相比神经更大条的饱龙而言略显细腻，难怪稀子第一个便找他倾诉。

　　"好事啊，兄弟，我嗅到了恋爱的滋味，哈哈哈哈，你小子可以啊，这么快就收获一枚迷妹了，恭喜恭喜！"饱原边笑边说。

　　"别捣乱，哥们，这又不是什么值得幸灾乐祸的事，当务之急你说我该怎么回复啊？需要见面认识一下吗？我对她完全没有印象！"稀子倒是说得一本正经，仿佛真的可以在兄弟那里得到一个答案似的。

　　"正常交流即可，毕竟人家支持你，多一个朋友没啥不好，聊得好就见一下，感觉好就发展发展，挺好的机会嘛，我咋没碰到，唉！"饱原还在调侃。

　　两人就这样有一句没一句地说了一会儿，稀子心里反而觉得更乱了，想起了信里结尾那句"你不需要在乎我的存在"。虽然麦特稀性格大大咧咧的，但他不是一个不顾别人感受的人，只是平时如果遇到不熟悉的人，他不会自来熟，还是需要一个过程互相了解的。

　　此时的稀子心里想：不管晴子是怎样的女孩，都要感谢她的支持，而且不能让她误会自己是个冷漠的人，这不是他的风格。

　　在完成了当天所有的复习后，稀子拿起手机，输入号码，给晴子发送了一条短信。

　　"你好，晴子，我是麦特稀，我在乎每一个人的存在，更何况是支持我的人呢？谢谢你的力挺，都在高一嘛，有机会见面哈……"

# 一眼万年

从按下发送键的一刹那，稀子和晴子之间开始了连线。在随后的日子里，互通短信成为他们交流的主要手段，有时候会交流学习、考试，有时候会交流篮球，有时候还会交流兴趣爱好。或许健谈、开朗的人在任何情境下都可以找到志同道合的朋友吧。

稀子和晴子每天保持着简单的短信互通，两人俨然已经成为愿意分享彼此喜怒哀乐的朋友了，可以确定的是他俩绝对是同频之人。虽然一直没有见面，但两人的互动已不再是试探与问答，而增加了打趣儿与玩笑，显然彼此关系更进了一步。

这天，晴子跟稀子说最近可能比较忙，没时间来看他训练。由于深希中学每年最后一天有举办迎新晚会的传统，且学校一直特别重视，晴子说这次自己要代表高一表演一个舞蹈节目，近期正在紧张排练，课余时间近乎全都用上了。

"加油，好好练！正好那天的晚会我也会去看，我们班也有一个节目要演出，不如就那天在晚会现场见一见，如何？很期待呢，祝你表演成功！"稀子灵机一动，顺势提出了这样的建议。

过了好一会儿，一条"好的，我也很期待！"的回复传到了稀子手机上，他和晴子之间有了第一次约定。

看着稀子与自己的这段对话，晴子暗自对自己说："一定要好好排练，晚会那天，把自己最好、最美的一面展现出来。"

转眼到了 12 月 31 号，结束了一天的学习与训练，稀子没有在学校停留片刻，几乎用最快的时间骑车回了家。

晚饭后，稀子又骑着他的单车回到了学校。校园里喜气洋洋，迎接新年。一张红红的"欢度元旦"的横幅挂在校门口，两个红红的大灯笼挂在两侧，让人一眼望去就有了过年的感觉。

校园操场的跑道上，不少学生在塑胶跑道上做着运动。校园的树木都刷上了白石灰，整整齐齐的像一排排列兵。树上挂满了彩灯和彩球，还插着彩旗，五彩斑斓。

各年级的楼梯口也都挂上了火红的灯笼，大大小小的红灯笼点缀着教学楼的长廊，让人看着都觉得特别喜庆。

一身便装的稀子快步来到学校体育馆二楼，这儿马上将举行一年一度盛大的迎新主题晚会。除了与晴子的约定，他今晚还要给自己的一众好友捧场，这里自然有饱龙、饱原两位兄弟，初中时一起成长的挚友——洁神人、鹤佳人、茜圣人、莹贤人，还有自己所在的高一（六）班班花贞美人等，他们将参与一个大型的时装秀，届时会盛装出席，绝对是当晚最值得期待的一个节目。

当晚，体育馆布置一新，一改往日训练场的冰冷与单调，张灯结彩，缤纷的彩色气球，五彩斑斓的丝带和彩旗装点着体育场的观众席和观众席下的表演舞台，处处洋溢着欢乐与喜庆。

观众席上人头攒动，座无虚席，已经到来的学生按照事先划分的班级所属场地落座，初一年级和高一年级在观众席左侧，初二年级和高二年级在中间，初三年级和高三年级在右侧。

老师们正在紧张地辅导同学们排练节目。深希中学高中部和初中部共六个年级，每个年级有八个班，每个年级至少要出三个节目，加上学校的舞蹈队、合唱队、管弦乐队等团体也将参与演出，整场晚会共有20多个节目要演出。

节目的类型丰富多彩的，有小合唱、大合唱、小品、快板、相声、小型歌剧等。最值得期待的节目是小型舞蹈剧——《心向朝阳，天天向上》，由学校舞蹈队表演，由一位男生和一位女生领舞，领舞的女生叫晴子。

晚会开始前，各个班级都按照指定的位置坐好，整整齐齐地坐下后，就像军训时一样开始轮流比赛唱歌。一个班比一个班唱得有劲儿，大家都充满朝气。

稀子落座一会儿后，体育馆的顶灯一下子暗了，激动人心的时刻到来了！主持人走上舞台，先请出评委，又请校长讲话，接着播报了第一个节目——元旦序曲。悠扬的琴声传遍整个体育馆，大家都感受到了元旦的气息。

因为节目大多由学生自编自导自演，水平虽不说有多高，但是绝对有趣。同学们看到自己班的同学在舞台上的各种表演，时常会禁不住捧腹大笑。整场晚会的气氛可谓非常热烈。

引起全场第一个小高潮的环节是第一次抽奖活动，中奖的同学有抽到智能手机的，有抽到一整套书籍的，还有抽到钢笔和本子的。

当小型舞蹈剧《心向朝阳，天天向上》表演完后，晚会进入了另一个高潮——跨年倒计时。同学们在有序的组织和引导下纷纷来到仅一层之隔的体育馆天台，在大家正纳闷儿的时候，整个体育馆在主持人的带动下，响起了轰鸣般的倒计时声：5—4—3—2—1！

当"1"从大家的口中喊出来之时，只听"嗮"的一声，突然，一阵欢呼声划破天空，在几十米的高空中爆开，许多五颜六色的"小雨点"飘落，如同仙女散花一般，把黑夜照得如同白昼。在全场所有观众的注视下，烟花布满了校园的上空，灿烂夺目，美极了。

倒计时结束后晚会也接近了尾声，今年高一年级新生自办的时装秀节目排在后面，非常新潮，同学们自己动手丰衣足食，将当下最流行的元素在自己的服饰上予以展现。

音乐响起，七个女生站成一排，七个男生在她们身后站成一排，他们穿着自己剪裁的服装，踩着动感的音乐，依次向大家走来。稀子的老同学洁神人是女生中长得最高的，站在队伍的中央，几乎吸引了所有人的目光；饱龙则一副白马王子的模样引领男生向大家走来，引起台下一阵尖叫。

这一晚的演出，稀子的"亲朋好友"们可谓出尽了风头。在所有的表演中，《心向朝阳，天天向上》以及时装秀被公认为最受欢迎的两个节目，而且两个节目的参演者似乎都与自己有点关系。

稀子虽然不熟悉舞蹈队里的成员，但知道其中有一个是晴子，而且一会儿就能正式认识了，这个节目不能说与自己毫不相干；然而，另一个由高一新生自创的节目，包括主创在内几乎都是自己的老相识，自然更是关联紧密，他看得也十分过瘾。

当晚，稀子看着舞台上热情洋溢的表演，由于自己始终不能确定哪个女生是晴子，心里还是有一丝焦躁与不安，不过这反而让他更加期待一会儿与她的见面了。"严格来说"两人从未谋面，但晴子的形象一直在稀子的脑海中有一个模糊的印象，随着两人断断续续的联络，这个定格瞬间不断地丰满着、清晰着。

之前两人在讨论各自的爱好时，晴子有说过，自记事起父母就送她去学习民族舞，初中时她又开始学习现代舞，同时开始接触街舞，进入高中不久就被选入了校舞蹈队。

倒计时前，晴子就在眼前，虽然他还不确定究竟是舞台上的哪一位女生。

当晚，不敢说高一年级准备的节目是最好的，但稀子尤为关注的这两个节目，一定是人气最高的，现场观众的反应足以说明一切。

稀子看完自己想看的节目，正打算起身从观众席离开，"嗡嗡—嗡嗡—"稀子拿出手机一看，是饱原打来的。

"你小子在哪儿？看完节目来体育馆后门，有事说。"一接通就听见饱原的声音，伴随着体育馆律动的音乐。

"怎么了？"

"趁大家都在，计划一下假期怎么安排。"

"行！这就过去。"

稀子被饱原的一通电话叫到体育馆后门，饱龙也在，还有几个不太熟悉的同学，应该是同年级其他班的，大家说要计划一下未来两天假期怎么过。

三个大高个儿站在门旁有点儿扎眼，出入的同学似乎都会看上一眼。稀子不喜欢这种高调的氛围，见状便移到一旁听大家说话。然而就在这个时候，他的后背被一个手指轻轻戳了一下，稀子转过身，一双让他一生都不会忘记的炯炯有神的大眼晴正仰视着自己——

"你好，我是……"

"你是晴子，你好，我是麦特稀。"

"哈哈，真好，看来你认出我是谁了，初次见面，请多多指教。"

"哈哈，其实刚才你在台上的时候我就一直在找，但真的不确定，可能是坐得太远看得不清楚吧，但咱毕竟之前约好了，刚才转过来感觉应该是你，这也算心有灵犀吗？"

就在这时候，稀子的手机突然显示有一条"Hi，我在你身后"的信息，是晴子发的，稀子看后抿嘴一笑，对着晴子说："看来短信延时蛮严重的，哈哈。"晴子点点头，也对视一笑。

随即稀子没有继续在门口逗留，他带晴子回到了座位，聊着今晚的迎新晚会，也对各个节目进行着点评，不时开开玩笑。或许有了之前一段时间的短信互动，这时的两人并没有强烈的生疏感，而是真的像一对相识许久的老朋友一样在交谈。

"晴子，刚才你说的初次见面应该不对吧，如果我没记错，你是之前有一天篮球训练后送我纸巾的那个女孩儿，是吗？"稀子边看节目边小声问道。

"嗯，看来你记忆力不错哦，就是我。但今天这样比较正式，毕竟那个时候没有交流过，估计你只把我当路人，今天算是正式的初见了，不是吗？"

"不会把你当路人的，但你说的有道理，有过一定交流后的初见，确实更正式，感觉也更好，你说呢？"

晴子又点了点头。

对于稀子而言，初见晴子的印象实在比预想中的要好：白皙的皮肤、精致的五官、总是挂在脸上的灿烂笑容，还有刚好到自己肩膀的身高，真的一切都比想象中要好！特别是刚才他转身时看到晴子仰视凝望自己的那一眼，不断在脑海中浮现，晴子的脸庞似乎也正是那个脑海中浮现许久的定格画面。这个夜晚，两人的初见，除了美好，真的不知道还能用什么词形容了！

其实，直到这一夜后，晴子一直忐忑的心才算真正放了下来。从写信、送信开始，到互通短信，整个过程她都小心翼翼，生怕出什么错，更怕对方把自己视为路人，不予理睬，让一切就此石沉大海。

对稀子的喜欢，是从第一次进入篮球场看他训练开始的，但后来通过朋友了解到对方平时确实挺酷的，只有真正成为朋友后才会敞开心扉，这也让晴子心里始终七上八下的。

经过一段时间的观察，包括递纸巾的那次试探，她才鼓起勇气写信。晴子希望用比较自然的方式与稀子认识，可以说直到与他在迎新晚会上正式见面交流后，她明显感觉到了稀子对自己的好感，揪着的心才放了下来。

然而，对于稀子来说，他也确实对身旁这位女孩有好感，特别在那一眼后，内心的感觉油然而生，甚至更加强烈。虽然之前从未有过恋爱经验，但此时此刻与她相邻而坐，还是与短信互动有着明显不同，心跳加快，是心动的感觉。

还有一个细节，当晴子在晚会快结束，说要上台致谢时，稀子随即说了一句："加油，等你一起回家。"然后很自然地拍了拍晴子的肩膀，她起身后，对他回眸一笑。

无论是肢体语言还是内心活动，此时此刻的稀子和晴子，似乎都对对方，也对自己的心意更加确定了……

家中音响响起了那首林俊杰的经典名曲《一眼万年》——

深情一眼挚爱万年

几度轮回恋恋不灭

把岁月铺成红毯

见证我们的极限

心疼一句珍藏万年

誓言就该比永远更远

要不是沧海桑田

真爱怎么会浮现

…………

麦特稀忙完了一天的工作，晚上回到家后，一边喝着咖啡，一边听着歌曲放松，此时响起这首歌，勾起了他十几年前的回忆——在深希中学体育馆二楼后门边，晴子望向他的那一眼。

对麦特稀而言，这算不算大家常说的一见钟情，他也不确定，但在他后来经历、沉淀了许多以后，再去回想这一眼，真的感到无比温馨、美好。

或许在那一刻，麦特稀也真正领悟到一眼万年的意味了。

# 第一次 + 你 = 纯纯的小美好

星座书上说，双子座的男生和天秤座的女生配对指数高达100分，被视作天生一对。稀子原本不信这一套，但自从有了晴子平日里三番五次有意无意地"提点"，他渐渐看着这些分析也觉得有点儿道理了。

稀子内心十分确定，晴子喜欢自己，并非只想简单做朋友、当粉丝。但他毕竟没有任何经验，况且在深希中学这样的重点高中本就压力很大，过段时间自己所在的兴趣小组还要开启写论文参赛的模式，加上篮球队的训练比赛以及本就不轻的课业负担，他能否很好地处理这些？对他和晴子而言，爱情的到来是否真的不会对两人的学业产生影响？

他对晴子肯定是有好感的，也想继续交往，但此刻的他依然有所顾虑。对待感情，稀子有着与他年龄不符的成熟感，在和晴子的相处过程中，稀子一直提醒自己，感情之事不能儿戏，所以他一直没有真正捅破那层窗户纸。

晴子是地道的东北女孩儿，与委婉羞涩的南方女孩有截然不同之处。两人无论是短信交流还是面对面的沟通，晴子向来落落大方，爽朗率真，没有丝毫的扭捏，用晴子自己的话来讲就是"有啥说啥，藏着掖着就没意思了"。

这也是她吸引稀子的地方，在她面前，麦特稀不需要考虑太多，诸如"这句话会不会惹她生气""她会不会不喜欢男生开玩笑""她会不会觉得这件事很无聊"等问题，因此能够很轻松地向她敞开心扉。

有了迎新晚会的正式初见后，晴子心里更有底了，与稀子之间的互动也更频繁，更主动了，甚至已经被不少自己的同学朋友看出来了，偶尔班上关系要好的同学甚至会公开打趣她："晴子，坦白从宽，抗拒从严！你是不是最近有情况？"

"快说，对方是谁？"

"老实交代……"

可无论同学们说什么，她都守口如瓶，而且也不在意别人的看法。

这天，晴子给稀子发短信，让他上午放学后一定要来二班，那是她所在的班级。

"怎么了？"稀子有些疑惑。

"有重要的东西给你。"消息刚发送，晴子立马来了回复。

重要的东西……稀子盯着回复开始感到有些莫名其妙，迟疑了片刻后，二话没说回了一个字"好"。

放学后，稀子如约来到二班后门口。此时，晴子的班级还没有下课，他就把书包放在后门对面的窗台上，整个人倚着墙，默默地守在门外等晴子下课。

或许由于这种情况较为少见，走廊里来往的同学开始窃窃私语，更有其他班的同学路过后给他递上一个别样的眼神。稀子认为自己是出于承诺来这里等人，虽然被看得有一点小尴尬，但依旧不动声色，背靠在墙上，等待着。

五分钟后，晴子拿着一个精致的本子从班级的正门走了出来，左右望了望，乐了，果然他在等她。晴子见状立刻把本子藏在了身后，悄悄地走向他，轻拍了一下背对着自己的稀子。

他一转身，又是那双炯炯有神的大眼睛望向自己，干净的面庞，细眉黑眸。今天，晴子还特意把自己不长的头发扎了起来，就像小兔子的尾巴，稀子第一次看到这样的晴子，眼前一亮。

还没等稀子回过神来，晴子笑盈盈地先开了口。

"稀子，这是给你的，我的作文本，最近一篇写的是你哦，哈哈，想让你看看，写的是我眼中的你……"

说完，晴子害羞了，把自己的作文本递给了稀子。晴子努力表现出很自然的样子，不想让对面这个男生发觉自己的害羞。就这么短短的一句"开场白"，她可是在心里默默练习了好久的呢。

"哇，这么厉害？有点期待呢，谢谢支持！还有，你今天的造型很可爱!"

稀子一手接过本子,一手搔了搔后脑勺。看得出,两人都在竭尽全力表现自然、正常对话。

回到家后稀子熟练地把单车上锁,三步并作两步地上楼,快速打开自己的房门,把书包往床上一扔,翻出了晴子给自己的作文本。"最近一篇写的是你哦……""写的是我眼中的你……"稀子回想着晴子的话,心中充满期待。他立刻打开作文本的最后一篇,开始读了起来。题目"关于你"。文字间无不流露着女孩对男孩的喜欢与崇拜。读了晴子的作文,稀子更加确定了自己之前所想,也被她的一手好字打动,不禁在心里感叹:真是个多才多艺的女孩啊!

稀子心里自然懂得晴子的意思,不过感情不同其他,他并不想过于冲动和急躁,想再确定一下。

这天也不知是有意还是无意的,两人开始谈及相处与关系的话题。

"你知道,我不是只想和你做朋友。"

"这周六下午有空吗?有一部新上映的电影不错,要不要一起看?"

当晴子的短信发过来时,稀子盯着这些话想了许久。他没有答应或拒绝,而是选择用邀约一起去看电影的方式转移话题。

"好呀,那你请我看电影,我请你吃饭……"

晴子很爽快地答应了，然后两人又回到了有说有笑的模式，相约周末共度美好时光。

这是稀子和晴子的第一次正式约会，电影下午 3：30 开始，于是两人前一天晚上约定第二天下午 2：00 在学校后门口碰面。稀子准点到达的时候，晴子已经站在那里向他挥手了。

两人都十分看重这次见面。稀子一身白色休闲运动装，脚上是同色系的篮球鞋。与往常大为不同的是，今天他还特意弄了下头发，完全是一副运动达人的模样。

晴子今天显然也是经过精心打扮的，一袭淡蓝色蕾丝碎花连衣裙，搭配一双米白色玛丽珍鞋，头上戴着一个银色的小皇冠发卡，清新甜美，公主范儿之余不失俏皮可爱。今天两人的穿搭莫名地很配，好像见面之前就商量好了似的。

"等了很久吗，早知道你比我先到，就应该早一点出门的。"稀子走到晴子面前，略带抱歉地说道。

"没关系呀，我也刚到，就比你早了一点儿而已，况且你也没迟到。"晴子笑着说，显然她一点儿都不在意稀子比她晚到。

实际上自打初见后，两人在学校也经常一起走，不过一般都是稀子推着他的单车，晴子在一旁跟随。那时候，他们都穿着肥大的校服，背着沉甸甸的书包。而今天，无论是从时间、地点来看，还是从两人的着装打扮上看，显然，都是截然不同的一天。

此时，距离电影开始还有一段时间，两人在市中心最繁华的商场并肩走着，逛完街，在走路去往电影院的途中，两人走到步行街的十字路口，晴子突然伸出左手握紧了稀子的右手，张了张嘴，欲言又止，深情地望着他……

稀子一愣，看向身旁的女孩，此刻，女孩正目不转睛地望着他，她离他那么近，近到似乎彼此的呼吸声都能毫不费力地听到，时间仿佛就此静止。稀子感觉到了晴子手心的温度，心脏开始又一次快速剧烈地跳动，这是他第一次牵女孩儿的手，十指紧扣，仿佛有电流经过自己的身体，这样的感觉，这样的冲击，让稀子心潮澎湃。

"走吧，电影马上要开始喽！"稀子咧着嘴，乐呵呵地快步向电影院走去，手却没有放开。

就这样牵着手，两人走了一路，直到进入影厅前都手没有分开。此时此刻，他的内心似乎已经非常确定了！

是的，稀子很确定自己的感觉，也感受到了晴子的真心。即使作为男生，面对自己的第一次感情，还是会有些腼腆，但稀子觉得自己不应该一直被动下去。

当电影看到一大半的时候，他们牵着的手依然没有分开，稀子偏过头，看着晴子的侧脸，饱满的额头，长长的睫毛时而上下忽闪着，高挺的鼻梁，尖尖的鼻头，还有粉嫩的唇瓣。他不禁嘴角上扬，微微倾了一下身子，以仅有他们两个人能够听到的音量对晴子说："晴子，我知道你喜欢我，一直都知道，我想让你知道，我也喜欢你!"

说到此时他顿了顿，关注着女孩的表情，只见女孩转过头，目光灼灼地盯着他，稀子微笑着继续道："那么从现在起，我们正式在一起，好吗?"

终于——稀子说出了一直藏在心头已久的告白。

晴子再度用她那双大眼睛痴痴地看着稀子，不知是受了电影的影响还是其他，这时的她眼泛泪光，没有说话，用力点点头表示赞同，然后将头依偎在稀子的肩膀上。

两人看着正在播放的电影，都甜甜地笑了。后来电影的内容似乎根本不重要了，如果时间能够定格在这一刻，该有多好，稀子和晴子此刻肯定都有这样的想法。

不过就在稀子与晴子互表心意之后，在电影情节最后进入高潮之际，稀子忽然觉得眼前黑了一秒钟，然后屏幕和亮着绿灯的"安全出口"在眼前跳动，甚至出现了重影……

可能是影厅场景太黑的原因，也可能是眼睛有散光的缘故，稀子心想。当时他的心思全放在了晴子身上，并没有顾得上那么多，过了一会儿这种症状有所缓解了，他自然也就没有理会了。

看完电影，两人并肩牵着手走出影院，在乘手扶电梯下楼之际，一旁的电视恰巧放着歌手光良的《第一次》。


当你看着我

我没有开口　已被你猜透

……

感觉你属于我

感觉你的眼眸

第一次就决定

绝不会错

…………

红极一时的热歌，出现在此时此刻，像有人安排好的一样，简直太应景了，彻底点燃了此刻的氛围。稀子牵着晴子下电梯的过程中一直盯着荧屏看，两人都眼泛泪光，把彼此的手握得更紧了！

夜幕降临，稀子把晴子送到她家楼下，眼看这次难忘的约会就要结束了，两人都依依不舍。

站在单元楼门口，昏暗的路灯下，两个人的身影被拉得修长，男孩低头看着眼前的女孩，两个人的手自然地牵在一起，脚尖对着脚尖。晴子靠过身来，稀子很自然将她搂在怀中，她的脸颊紧贴着他的胸口，清晰地听见了他的心跳。两人的身高差让这一幕变得很和谐。

"稀子，我今天真的很开心，无论是以前还是以后，我想和你在一起的每一天都会很快乐，接下来我们一起加油吧。"男孩怀里的女孩缓缓地抬头，轻声地说。

"我也是，我也很开心，希望我们一直好下去！"

稀子抚摸着晴子的头发，低头望着目光温柔如水的她，觉得无比幸福，离开之际，他低下头，轻轻地亲吻了她的额头。这是他和她之间的第一个吻别，如蜻蜓点水般不留痕迹，却在稀子和晴子两人的心上刻下了深深的印记。

一切的一切都是如此美好，第一次约会的每个细节都是那么让人怦然心动，让人印象深刻。

恋人总是能够心灵感应的，更何况他俩的星座配对指数为100分。当晚，稀子和晴子不约而同地彻夜难眠。

约会最初的碰面，各自精心的装扮，突如其来的牵手，水到渠成的表白，以及确认关系时的那股兴奋劲儿直冲头顶。躺在床上，稀子辗转反侧，今夜，注定无眠。

此刻，晴子正猫在被子里傻笑，她一想到自己抑制不住地突然拉住稀子手的情景就脸红了起来，胡乱地蹬着腿，揣着被子，两只手捂住自己涨红的脸。同时，晴子为自己一路过来的勇气、自信以及坚持而开心，现在看来一切都是值得的。

稀子平躺在床上，双手压在脑后，回想着下午两人见面的情景，想着如果自己再勇敢果断一点，就可以做那个最先开口的人了。他的内心又十分激动，甚至满怀感激，觉得受到了老天的眷顾，自己的初恋可以遇上晴子这般美丽可爱、自信勇敢的女孩，而且彼此相互喜欢，一定要好好珍惜……

17 年后的今天。

时钟定格在晚上 8：25 分，麦特稀结束了一天的劳累工作，半躺在新购置的按摩椅上放松，习惯性听着 MTV 频道播放的经典名曲。

当光良的《第一次》前奏响起时，他睁开了双眼，看着屏幕发呆，MV 中的女主满嘴奶油亲吻男主的一瞬间，他抿了一口桌旁的红酒，似乎在回味什么，然后又陷入了动人的回忆之中——

第一次约会，第一次牵手，第一次拥抱，第一次亲吻……太多的第一次与晴子有关，勾勒出属于麦特稀的美好的青葱岁月，描绘出了属于他的青春！此时此刻，此情此景，他很难不感动，很难不眼眶湿润，他是多么想再回到那一年，回到那一刻，再去体验一下这第一次所带来的感动与震撼啊！

麦特稀的内心很笃定，即便是晴子，也不会对这一切有如此大的感怀，更不会在十几年后的今天仍然有所留恋；于他自己而言，这一切，直至今日依旧难以释怀，因为对于他而言，这就是自己青春里唯一的不可被取代的爱！

# 31天，刻骨铭心的初恋就这样结束了吗？

稀子和晴子正式在一起了，虽然和过往也没有太多的不同，但忙碌的高中生活还是有了变化，整个人的状态很不一样。

比如，每天上学单车骑到二班课室楼下的时候，稀子会习惯性地仰起头向晴子班级方向挥挥手，朝站在楼上的晴子打招呼，道早安。晴子家距离学校很近，此时她已经在教室外的走廊捧着书等稀子了。

放学后，晴子不再像以前那样，一个人默默地背着书包坐在体育馆不起眼的角落里看他在球场上挥汗如雨，现在的她只要舞蹈队训练结束，没有其他事情，便可以名正言顺地在场边休息区——"家属席"的特定区域的长椅上，把书包放在一边，安安静静地坐着。在稀子中场休息的时候，贴心地为他递上矿泉水和干净的毛巾。稀子对于两人的关系也不再藏着掖着，而是选择大大方方地向篮球队的朋友们介绍晴子，在平日比赛训练中，他左手戴的护腕也有属于两人的特殊印记"X&Q"。

在班上，倒是饱龙和饱原总拿这事儿调侃稀子，动不动就说："没看出来呀，你小子真有两下子……"每当这时稀子都会微微抿一下嘴，嘿嘿一笑，要不就是胳膊肘撞一下对方的胸口，回头说一句"别闹"。

稀子自然知道，他们这样是在开玩笑，无非是好哥们之间有一搭没一搭的调侃，主要是给紧张枯燥的学习生活减减压，他们仨的打打闹闹、逗逗嘴皮子常常成为班级里一道"靓丽"的风景线。

深希中学作为全国重点中学，稀子能够进入这所学校读书，有一部分原因是通过了这所学校篮球特长生的测试，中考时获得加分，才勉强过了分数线。也是因为篮球特长，进入高一后他便顺利进入了校篮球队。

深希中学的教学水平自然不必多说，学生的学习氛围从高一开始就比其他学校要紧张得多。这种"紧张"并非源于填鸭式的考卷与作业，在重视素质教育培养的大背景下，在教育要面向现代化、面向世界、面向未来的主旨下，高一年级绝大多数同学都参加了课外兴趣小组，这些种类繁多的课外兴趣小组并非流于形式，而是把当时大学本科要进行的课题研讨、论文撰写硬生生给提前了！

稀子和饱龙是一个课题组的——国际关系学研究方向。当初选择这个课题组很大一部分原因是两个人不约而同地认为这个名字听起来十分"高大上"，符合他们的气质。但是在他们真正接触、了解后，终于明白"高大上"在何处了——"高"深、宏"大"、研究起来实在是容易让人"上"火……

好在稀子和饱龙都不是那种轻言放弃的人，他们打算迎难而上，约定要合力交一篇能参赛且能获奖的论文。虽说学校是"旨在树立学生的创新意识，培养学生的创新能力和科学研究能力，促进学生的全面发展"，但是对于刚刚步入高中生活的科研小白来说，的确是个很大的挑战。

如果说，作为学生，好好学习便是天职，这无可厚非，那么，除了学业上的压力外，稀子和饱龙还面临着比其他同学更加繁重的训练压力。稀子是校篮球队的队员，饱龙是校游泳队的队员，两名体育特长生都有训练和比赛的任务。学业和训练的两座大山足以轻而易举地把他们压弯腰。

眼看高一上学期就要接近尾声，即将到来的期末考试格外重要，下学期要进行文理科分班，这是高考前一次重要的分水岭，能否被分到理想的班级，由期末考试的成绩定。因此深希中学的高一年级一点儿都不好念，面对这三重压力，稀子也经常是叫苦连天，幸好有晴子在一旁鼓励，才让一切变得稍显轻松而又有意义。

放学后，两人和往常一样并肩走在长长的林荫道上，一人推车一人紧紧跟随。道路两旁矗立着的绿色树干，高耸而又挺拔，枝条轮生，枝头挂着茂盛生长着的粉红色异木棉。高大的树冠像撑开的一把粉红色大伞，茂盛枝丫间，开满朵朵粉红艳丽的鲜花，远远望去犹如花海一般，美不胜收。

此刻，阳光尚好，天空蔚蓝。"广州的天气可真是单一，一点儿都没有冬天的气氛。"晴子望着两旁花开烂漫的美景竟然表达出一丝不满。

"哈哈，怎么了？这就是广东的天气呀，现在已经是广东的冬天了。"

稀子推着车，听到晴子的话后笑了笑，望向左侧的花海，看见树下正忙着互相拍照留影的同学。

的确，跨年晚会也过了有些时日，正值一月，广东依旧温暖如春，虽然说昼夜温差大了不少，但是绝对用不上"冷"来形容。多数的日子都是阳光明媚，晴空万里，没有七八月的燥热，更谈不上冰冻三尺的极寒，温度舒适宜人，算得上是广东人眼中的黄金季节。

正午的阳光直射在林荫道两旁的绿树上，公园里鸟语花香，随处可见的粉色异木棉、小叶榄仁、大王椰等都在暖阳中点缀着广东的冬日。

距离元旦已经过去了 20 天，眼看着就要春节了，整个街道上也洋溢着过春节的喜庆气氛。大街小巷的商店里头，都播放着《恭喜发财》，宽阔的马路上川流不息，人行道上来来往往的人们的手里，都提着大大小小的购物袋、礼品袋，大家都忙着准备年货。就在这样喜气洋洋的氛围里，稀子和晴子开始了属于他们两个人的小美好。

"广东的冬天太暖和了，我到这边后到现在连羽绒服都没有穿过呢！"

晴子听到稀子的回答后，先是一脸吃惊，随即皱了下眉，说出了这番话，心里想着自己新买的厚衣服是没机会拿出来在广东亮相了。

"哈哈哈哈。"稀子听完晴子的小埋怨后笑得更大声了。

"一般从外省来我们这读书的人都会说'看不到雪景好可惜'之类的话，你可倒好，居然在抱怨穿不上厚衣服！"

"看雪景有什么稀奇的？我们家那边四季分明，冬天下雪是再常见不过的事了，下雪之后不仅超级冷，而且道路又湿又滑，路上行人很容易摔跟头，一般来讲，大家都不是很喜欢在这种天气出门的。"

"东北的冬天有那么多雪，在学校是不是可以经常打雪仗？"

"当然，冬天经常下雪，可能上课时班里的人就能透过玻璃窗看到外面开始飘雪，然后大家装作若无其事的样子继续上课，可只要挨到下课铃响——"晴子故意没往下说，卖了个关子。

"一挨到下课铃响就怎么了？"

"班里的同学立马三五成群，戴上手套跑下楼，直接'开战'！很多时候雪会顺着衣服领子溜到脖子里，又冰又凉，大家也不会在乎，反正玩儿得别提有多开心了！"

"听你这么一说，我都开始向往去东北打雪仗了！"

"还打雪仗？稀子，南方长大的孩子，你见过雪吗？"

晴子突然拍了一下稀子的背，忍着笑问他。

"当然见过，少瞧不起人了！说来惭愧，自己第一次见雪并不在国内。那年和家人一起去东京旅游，在富士山下第一次见到了雪，感觉真的棒极了！不过长这么大还没有打过雪仗……"

稀子和晴子漫步在长长的校道上，就这么你一言我一语地愉快交流着，从认识到在一起，两个人从来没有因为任何事拌过嘴，他们真的很合拍，甚至合拍得有些离谱。或许是因为刚刚在一起，相处时间还不算长，但对于很多事情他们的看法都能做到如此一致，着实难得，看来两人真的是同频之人。

晴子还喜欢时不时制造小惊喜，让他们的相处变得有趣又浪漫。

这天晚上，稀子如约在物理老师的教师公寓里补课，物理是他最不擅长的科目，经常不及格，已经成了稀子学业上的"心腹大患"。

为了在期末考试中取得好成绩，稀子和物理老师商量后决定要尽快在考试到来之前清理掉这个不容小觑的绊脚石，恶补物理知识。

稀子想要学好物理的决心和态度不容置疑，可就是……这物理真的太难了！整整两个小时学下来，他感觉头昏脑涨、昏昏欲睡。结束补习后，稀子跟老师礼貌地道别，然后顶着像灌了铅一样沉的脑袋走出了公寓，只见教师公寓门口一旁的路灯下，一个身穿校服的女孩儿正坐在花坛旁的长椅上，聚精会神地捧着一本书看。

"晴子？"

稀子惊讶又欣喜，前一秒钟脑袋里还是杂乱无章、理不清头绪的物理题，下一秒立马感觉轻松了不少。

"你怎么会在这里？来这里干什么？"

"笨，等你下课呀。"

晴子听到那个等待多时的声音在不远处惊讶地唤着她的名字，感觉自己制造的小惊喜成功达成，看他的时候眉眼间都是笑意。

"你怎么知道我在这里补习？"

"我就是知道，哈哈，怎么样？我是不是很厉害？"

"厉害，厉害——"

"惊不惊喜？意不意外？"

晴子脸上摆出了一副傲娇的小表情。看着眼前这个高兴得摇头晃脑的女孩，稀子内心自然是无比开心的，他又一次感受到眼前这个活泼可爱的女孩的用心，此时内心不禁涌出一丝暖流，这是在遇到她之前不曾有过的感受。即便学业繁重，但有了晴子的陪伴，真的很暖心。他送晴子回家，也在心里暗暗计划着，下次要给她一个惊喜。

即便是深希中学这样的重点学校，也无法阻止这个年岁的高中生们互生好感。但毕竟有一个良好的学习氛围和竞争机制，恋爱中的高中生们平时最多的时间还是用在一起学习上，似乎只要不影响学习，谈恋爱也无伤大雅。

周末，在学校图书馆自习室，晴子早早占了位，而很少迟到的稀子今天却迟迟没有出现……

晴子正纳闷，抬头向门口扫了一眼，就看到一个高高的男生微笑着朝她走来，两只手放在身后，好像藏着什么东西。

"睡过头了？"晴子问刚在自己面前站定的人。

"没有，我可是为了要给你制造惊喜花了好久的时间呢，这个送你！"

稀子俯身在晴子的一侧小声耳语。他不想打扰图书馆里的其他正在学习的人。

晴子吃惊地看见稀子从背后拿出一个精美的礼盒，瞪大眼睛疑惑地看向稀子，仿佛在向他确认，"给我的？"稀子见状挑了挑眉，向上轻点了一下下巴，表示"拆开看看"。

在稀子的注视下，晴子小心翼翼地拆着包装纸，然后差点"啊"的一声叫了出来，稀子连忙捂住她的嘴——原来是一对印有漫画图案的情侣马克杯：稀子和晴子的漫画形象在杯壁呈现，一只杯子上，男生亲吻着女生的额头；另一只杯子上，女生踮起脚尖亲吻男生的面颊。

"虽不是什么很贵的东西，但是我自己用心设计出来的，然后把图纸拿到店里去做的，希望你喜欢，我们一人一个。"

这是稀子第一次制造小浪漫，对方是否一定会喜欢，自己也没有十足的把握，于是有点不好意思地摸了摸后脑勺。

"太喜欢了，好高兴呀，谢谢你的礼物，稀子，我想要男生亲吻女生的那一个。"晴子满脸都是欣喜，轻轻地说。

自从稀子和晴子在一起后，每逢周末都会安排大半天的时间前往图书馆的自习室一起学习，然而没有一次比今天的效率高。真好啊！这样的互相促进，感觉这一刻整个世界都充满生机，都在冲着他们微笑。

之后的一周，稀子和晴子两人都有各自的事情要忙，晴子去参加学校一年一度的学农活动。稀子因为有比赛任务没去学农，球技精进不少的他早已从校队进入了区队，不仅如此，他在上周的全市比赛中也大放异彩，被破格选进了市青年队，这也是他最接近职业篮球的时刻。似乎自从晴子出现，一切都变得越来越好了。

但人生无常，大家常说老天爷不会一直眷顾你，在给你美好的同时，一定会让你尝尝苦果的滋味……以前，稀子并不相信这样的话，但当突如其来的变故发生在自己身上时，真是由不得你不信啊！

　　这天清晨6：30，从睡梦中醒来的稀子觉得浑身酸软无力，他第一反应认为是昨天打球堆积的乳酸作祟，可想到今天学校里的一堆事儿，还是强撑着不适爬了起来。不过在起身后，他突然感觉非常不对劲，整个身体像灌了铅，不仅身体特别沉，视力也出现了异样，就和那天在影院出现的片刻感受一样，原本放在那里的一件东西，稀子看过去变成了两件，只有捂住一只眼睛看，才变回正常——看东西怎么重影了？散光不才一百多度吗？难道一个晚上就多了几百度？以致看东西一个变两？

　　稀子把症状告知母亲后，麦妈当机立断陪儿子一起前往平时常去配镜的眼镜铺，老教授通过仪器观察后说散光度数并没有增加，建议稀子到眼科医院去检查。随即母子二人来到眼科医院，挂了专家号。专家号等了一个多小时终于排上，专业仪器检查过后，医生就说了一句话，你的眼睛本身没有问题，出现重影的话，去看看是否是脑部的事儿……

　　完全不懂医学的稀子一听便着急了，怎么回事？明明是看东西出现重影，跟脑有什么关系？等那么久才看上，医院还"踢皮球"？专家这么不负责任吗？自己学校还有很多事情，下午还要特训呢，哪有时间一个劲儿地往医院跑啊，这地方本来他就很少"光顾"。

　　麦妈听医生这么一说，立马紧张了，显然几十年的阅历让她对"脑部问题"几个字尤为敏感，似乎儿子这次重影并非原本所想那么简单。

稀子的干妈是医院的呼吸内科主任，是权威专家。麦妈没有犹豫，马上联系儿子的干妈，想要尽快预约做脑部全面的核磁共振检查（MRI），说这是医生的意见。干妈得知后赶紧想办法，稀子听得一头雾水，却只能跟着母亲大人前往干妈所在的医院。

第一次做 MRI 的过程是辛苦的，也有点吓人，本来稀子今天起床后的状态就不好，刚到医院就被送进一个黑匣子里，四面八方嗡嗡地叫，时不时还闪着莫名其妙的光，这里震一下那里动一下，这是他有生以来第一次经历如此这般的"大阵仗"检查，这次经历亦让他终生难忘。

在检查的过程中，脑科王主任单独跟麦妈说了稀子的具体情况，并建议先不要让孩子知道，免得造成不必要的恐慌，要求稀子下午别去学校了，回家收拾一下东西，跟学校请个假，明天上午再过来住院……

17 年后的今天。

又经历了一整天的忙碌，麦特稀按照往常的习惯去健身房上私教课。每周两次，雷打不动。这天下班后根据教练的计划，他又一口气在跑步机上跑了 10 公里。按下红红的"stop"键，满身大汗的他从跑步机上走了下来。他并没有立刻摘下蓝牙耳机，因为手机里正播放着最近很火、自己特别喜欢的电影

《五个扑水的少年》的主题曲《普通》——

如果我注定普通也要仰望那片星空

哪怕你说没有用

做一场梦　扑一场空

孤独的路一定有风

不畏命运吹动

哪怕有亿万分之一也往前冲

如果说我的世界不能等到万里晴空

我会在路的尽头一场雨后等待彩虹

哪怕此刻一腔孤勇　哪怕徒劳无功

再小的光芒也终会闪耀照亮

那片天空

…………

或许麦特稀的人生并不普通，特别是在经历了那场变故之后。每每想到自己在出事之前，满打满算只跟晴子在一起度过了 31 天，都会让他心痛不已、纠结不已，甚至让他无法释怀。

这或许解释了麦特稀为何总想回到那一年，回到高中一年级上学期的那段青葱时光。他想再感受一下初恋的滋味，他想再一次以健康积极的身心去拥抱这段可能荆棘满途的爱情，他想再一次以最好的自己抱一抱他深深爱着的晴子，哪怕只是微笑着打个招呼，哪怕只能再多看她一眼。

然而这一切都没有了，或者说因为变故而彻底消散了，换来的只有 31 天，这段刻骨铭心的初恋难道就这样结束了吗？已无法平视对方，这种自卑的甚至可以说是备受怜悯的爱，从来都不是麦特稀想要的。

此时此刻，他只能面对现实，毕竟在此之前，那段刻骨铭心的爱恋，只有 31 天！他青春中所有美好的聚焦点，只有 31 天！他无数次的回忆、联想以及期盼，只有 31 天！麦特稀无法克制自己的情绪，汗水与泪水一并流淌了下来。

# 双向奔赴直面意外

麦特稀从来没有住过院，从小到大都健健康康的，更别说住院了。虽然干妈是医生，可自己对医学一知半解。上午在干妈所在的医院做了 MRI 后，医生并没有给麦特稀开药来缓解病症，只是说要住院继续进行下一步的详细诊察。

下午，稀子感觉自己早晨起床时的重影症状似乎有所缓解，心想应该没什么大事，有点儿不想住院，毕竟马上要期末考试了，而且眼看着全国篮球联赛近在眼前，篮球队的训练也耽误不得，最重要的是，这件事还没有告诉晴子，稀子不希望因为自己尚未确诊的病情而让晴子分心。

想到晴子，稀子的脑海里不由地出现每天早上她在她们班门前走廊一边读书一边等自己的情景。

在家他也不知道要准备什么，就迷迷糊糊地东晃晃西望望，一会儿拿起桌子上躺着的几本书，寻思着要不要带去医院；一会儿又拿起自己的手机，摆弄几下然后摇摇头又放下了。自从医院回来以后，稀子都有点儿心不在焉，甚至有点儿心慌。

其实稀子自己清楚，内心惶惶不可终日的原因是不知道自己应该如何跟晴子说这件事，不过当时稀子觉得自己的身体一直很健康，没准是个乌龙，估摸着在医院住个一周就可以出院了。所以稀子决定暂时先不告诉晴子，等出院回校两人见面时再当面说。

麦妈则紧守着医生建议的保密原则，从医院回来后避开稀子，跟麦爸打了一通电话，说明稀子的情况。两人交流完始终愁眉不展，整个心一直悬着，毕竟是几十岁的成年人，有一定医学知识的储备，他们内心清楚，这种疾病绝非寻常，极有可能是对整个家庭的一次前所未有的冲击与挑战。

学校里，晴子和往常一样，早早来到学校上早自习，直接先到教学楼二楼的小阳台——他们的老地方。可是她迟迟不见稀子的踪影。

刚开始，晴子以为是稀子睡过头了，几乎每隔几分钟就往楼下望望，结果次次落空。这是两人在一起后第一次没有互道早安，甚至连面都没见上，不由地让人心里空落落的。后来，晴子带着失落的心情上了第一节语文课，语文老师在讲台上把课文讲得异常精彩，可晴子却有点儿听不进去，甚至有些走神儿。

"铃铃铃——"

下课铃声终于响了，晴子觉得这堂课格外漫长。

"好的，那今天我们的课就先上到这儿吧，课后我会把作业告诉课代表，希望大家认真完成，下课。"

老师说完"下课"，下讲台从教室前门离开了。晴子立马从后门跑出了教室，快步朝高一（六）班走去，那是稀子所在的班级。

来到六班后门，晴子往最后一排的一个座位望了望，没人。稀子的座位空空如也，连书包都没有。

课间十分钟，对于高中生来说格外宝贵，持续紧张的神经可以得到片刻放松，然后他们又要开始下一段45分钟的"征程"。学生们有讨论问题的，有聊明星八卦的，还有谈论自己身边发生的趣事的，好不热闹。可是，稀子的座位空空荡荡，冷冷清清。

"难道今天稀子请假了吗?"晴子猜测着。

晴子和饱龙、饱原还不是很熟，也没直接问他们。她见一天稀子都没来，感觉肯定是出什么事情了，整整一天都心神不宁的，放学后又不死心，跑去篮球馆。稀子平时最在意的就是篮球队的训练，毕竟，在他心里，篮球对他意义重大。见篮球场也没人，晴子意识到了问题的严重性，立马拨通了稀子的电话问对方情况。

此时，稀子正在家里犹豫要不要告诉晴子这件事呢，手机铃声就响起来了。他拿起一看，果然是晴子打来的，心里涌过一丝暖流，接起电话还不等自己开口，那头的女孩便开始焦急地询问："你在哪儿？今天怎么没来上学？是出什么事了吗？"

"今天一早起来的时候感觉眼睛不舒服，看东西重影，就去医院做了个检查。家人比较担心，我觉得没啥事儿，你也放心吧，你看我一直身体都很棒的啊！"稀子听出晴子焦急的声音里满是关怀，自己的声音也温柔了下来，还不忘拍拍自己的胸脯证明一下。

"那明天就可以返校了吗？"

晴子松了一口气，但语气里依旧放心不下。

"嗯……这个嘛……"

稀子突然觉得此时的晴子关心自己的样子有点儿可爱，之前从来没有让她如此担心过。此刻稀子有点儿想借着这个由头逗逗她，但转念一想不应该让晴子担心，耽误了她的学习，就如实说了吧。

"医生说可能需要住院观察治疗，估计很快就能搞定。我也没想到会是这样，原本制订的计划都被打乱了。"

"啊？要住院？这……"晴子刚放下的心又提了起来。语气也更加急切了。

"晴子，不要担心，先不跟你说了。"还没等晴子说完，稀子就打断了她，生怕再多说下去晴子会多想。"一会儿我还要准备明天带去医院的东西，不要紧张，等我回来，很快就会没事的。"稀子用安慰的口吻说道，随即挂了电话，自己心里其实也七上八下的。

晚饭后，稀子的手机蹦出一条短信。"我在你家楼下，方便下来一会儿吗？"

看到发件人和短信内容，稀子双眼顿时瞪大，甚至有些难以置信。从前只是大致跟晴子说过自己家小区所在的方位和门牌号，但是没想到，就凭着这个模糊的信息，晴子居然找到了他家。稀子一边心想得赶紧下楼，一边默默感叹要是没有住院这事儿，该有多好。

情急之下他随便编了一个理由，和麦妈说有同学来找他问点事儿，自己要下楼一趟，一会儿就上来。麦妈听后点点头，并没有多问什么，只是嘱咐别待太久，而且不要激动，做什么事都慢着点儿。稀子回了声"好"，便下楼了。

晴子先是听见了楼梯口传来的阵阵脚步声，然后便见稀子的身影出现在眼前。

晴子立马跑到稀子的面前，仰起头捧着他的脸就问："你怎么了，到底哪里不舒服？我都担心死了，为什么一定要住院？"

说着晴子又在稀子面前挥了挥手，仿佛要确认一下稀子能不能看见："让我看看你眼睛，不像有什么事啊。"

"晴子，谢谢你来看我，觉得你很紧张我！"

"笨，我不紧张你，谁紧张你啊！挂了电话后，我心神不宁的，连饭都吃不下去了，真的很担心你。"

"具体我也不太清楚，现在就是眼睛看东西有重影，不是看不见，其他没什么了。医生让我住院应该是为了更方便治疗，这样会好得更快吧。我是去我干妈的医院，放心吧，很快就会好起来了！"稀子轻轻地拍了拍她的脑袋，安慰道。

两人走到离稀子家不远的湖边，找了一张长条木椅坐下，手紧紧牵在一起。月光照在稀子和晴子两人的身上，拖出长长的影子。晴子心里还是很忐忑，感觉和稀子在一起后还没有多久，自己就去学农，现在又是稀子要住院，短短时间就要分开两次。处在热恋期的人们大都如此吧，天天都想黏在一起，恨不得一刻也不分开！

稀子承诺一住下就把具体情况告诉晴子，她每天如果方便就过来看看，他们可以一起吃饭。说到这里，晴子才算平静下来，她也不想耽搁稀子太长时间，便回家了，双方约定"明天见"。

麦妈此刻自然是不放心的，她小心翼翼地随稀子下楼，远远地看着。刚才在楼上儿子所说的和这会儿所做的她都了然于心。

"原来是交女朋友了啊，也不跟我们说，真让人操心。"麦妈心想。

不过在这个关键节骨眼儿，麦妈不想节外生枝，没什么比治病更重要，先假装不知情，明天住院检查了再说。

第二天，稀子在家人的陪同下很快住进了脑科病房。为了更好地休息，家人给他申请了一个单间，环境还是不错的。在做完一系列检查后，稀子回到病房，他有些劳累，迷迷糊糊地就睡了过去。

这时候，医生叫麦爸、麦妈到办公室，跟他们"交了底"。谈完出来的时候，麦妈站都站不稳了，完全是靠着麦爸搀扶才回到病房的……

医生说得很平静，或许对他们而言这些已经是稀松平常的事情了。

"确诊了，眼睛重影是因为脑部问题，并不是你们担心的恶性肿瘤，也不是癌症，而是其中一条正常的脑血管，长成了畸形。听患者说最近很忙，运动量大，压力也大，可能是促成原本已经畸形的脑血管破裂的最大诱因。幸好是静脉破裂，目前来看是向外渗血的状态，如果是动脉喷血，几分钟人就没了！医学上称为海绵状血管瘤，很多人长在手上可以置之不理，但稀子的是长在了脑部，而且渗血压迫到了部分神经，才会有之前他所反映的一些症状。现在通过 MRI 看得很清楚了，稀子这个病最麻烦的地方是，血管畸形的位置太特殊了，是人的生命中枢——脑干。在这个位置动手术具有极大的风险，稍微处理不好就没命了。脑干只有大拇指那么大，但控制的可是人的呼吸中枢啊……"

王主任语重心长地说了很久，也让麦家父母好好消化一下，然后他说："幸亏你们送来得早，目前神经压迫尚不严重。由于是海绵状，就像海绵一样可以吸收，我们看看通过治疗，能否把渗出的血自行吸收掉，这样可以缓解症状。但是要想根治，还得做手术。但我们这里做不了此项手术，如果决定要做手术，建议转院到北京天坛医院，那里做脑部微创手术比较成熟。"

没有人能在短时间内消化这段话，更何况与自己的儿子密切相关。就在麦爸、麦妈在病房苦苦思索之际，一个女孩捧着一束鲜花走了进来。

她礼貌地问："叔叔阿姨，您好，请问这是麦特稀的病房吗？"

麦妈抬头望了一眼，正是昨晚来见稀子的女孩儿，她穿着校服，十分阳光清爽的模样。

也正在此时，稀子睡醒了，他看到了这一幕，立马说："晴子，怎么这么快就来了？我刚做完检查，休息了一会儿。谢谢你的花，很漂亮！"

稀子给了母亲一个眼神，麦妈心领神会，于是很自然地让晴子去陪稀子说说话，但嘱咐不要激动，不要劳累。

晴子把当天老师课堂所讲的内容以及自己在学校的见闻都说与稀子听，两人轻松交流，有说有笑。夜色临近，麦爸出去买了四人份的晚饭。真的和之前说的一样，稀子下床坐在小板凳上和晴子一起吃。虽然这样的情景出现在病房有些突兀，但对当时的两人来说，只要能陪伴，无论在哪里都是甜蜜的！而且病房共享晚餐的情节如此特别，足够他们以后好好回忆呢。

晴子走后，稀子担心爸妈会问什么，没想到他们什么也没说，只是会心一笑。当然了，此刻在麦家父母面前，没有什么比治儿子的病更重要了！他们依然选择不把实情告诉稀子，让他在相对轻松的氛围里治疗。

转眼几天过去了，晴子每天都来看望稀子，两人依旧有说有笑，与没有生病时一样。即便每天她离开时他都会心有不舍，但想着再过半天又能相聚，也就释怀了。

稀子经过几天治疗，感觉没有太大变化，重影症状没有减轻也没有加重，心情倒是一直很愉快。他和晴子的互动还引得不少护士小姐姐羡慕，据说在脑科病房里，过往少有这般景象。

虽说在病房有晴子陪伴的日子让稀子心生欢喜，但他更希望身体尽快好起来，然后赶紧回去训练，为全国篮球联赛做准备，还有就是期末考试时政治一定要考个好成绩，下学期分到文科班，最好能够和晴子在同一个班。当然，这同样是晴子的想法，此刻的两人，早已双向奔赴，心心相印。

谁曾想到高一下学期的分班，晴子和稀子真的被分到了同一个文科班，而且由于政治老师（班主任）之前的课代表就是稀子，以至于当时并不知情的他刚走进课室的第一句话便是——稀子呢？我的课代表在哪儿？而那时麦妈早已向学校申请，稀子休学一年。现在麦特稀回想起这一段经历，觉得多少有些荒诞，但更多的是遗憾。终究还是没能和晴子在同一个班上课，没能享受一下做同班同学的美好。后来稀子经历的一切，真的像噩梦一样时常缠绕着他，与之前的甜蜜形成了强烈的反差。

# 第二次出血， 形势急转直下

　　稀子开朗、大方、外向，一直有很多朋友。知道他住院后，老师、同学都前往探望，球队教练也都来了，加上他最挂念的晴子每日必到，与其说是治疗养病，实则这些往来还是耗费了他挺多的精力。后来据麦妈回忆，第一次出血是多重的因素所致，而以上所提则应该是稀子出现病变的导火索！

　　这天一早，稀子醒来后觉得特别疲惫，那种发烧后才会有的虚弱、无力感笼罩着自己，视力重影症状似乎也是有增无减，原本看的是一件东西，现在眼前不只是两件，而且它们之间相隔的距离越来越大！更麻烦的是，出现了新的症状，身体的左半边，从脖子到脚底，明显感到又麻又重，甚至连手都抬不起来了！家人见状立马呼叫了医生，然后又是紧急安排 MRI 检查，人被送到了检查室。

　　稀子的感觉非常不好，此刻他全身无力，意识也很模糊，他心里觉得这下是真的糟糕了！与此同时，麦妈也得到了一个坏消息，稀子会这样是脑子里畸形血管第二次出现渗血所致，同样是渗血，这次压迫到了更多的神经。

"下一步该怎么治疗？"稀子的干妈急迫地询问王主任，此刻她这个呼吸内科主任也是有力使不出，只能干着急。

"患者在一周多的时间内两次出现渗血，间隔时间太短了，保守治疗可以不用考虑了，吸收的速度远没有出血速度快，只能手术，如果不手术的话，永远是一颗定时炸弹。现在只有一条路，等稀子状态稳定后送到北京天坛医院，那里有国内最好的脑外微创手术技术，在那里可以让稀子得到救治……"王主任对大家说。

"儿子的身体一直好好的，怎么会这样啊！"麦妈腿一软坐到了地上，差点儿昏了过去。

"既然已经如此，还是先不要告诉儿子实情，接下来我们必须要坚强，配合医院治疗，让儿子病情稳定。我们这就联系北京天坛医院。"麦爸说。

家里的顶梁柱现在只有麦爸了。他扶起麦妈，让麦妈倚在他宽厚的臂膀里，父亲方寸未乱，也成了母亲最有力的依靠。

稀子被转去了其他单间病房，谢绝一切探视，家人也没收了他的手机，不让他分心。医生叮嘱，从这一天起，无论身体状态如何，尽量减少不必要的移动。在每天的用药上，王主任增加了镇静剂的输液，为的是让稀子始终处在昏昏欲睡的状态，以免再出血。

　　与此同时，麦爸、麦妈也尽全力联系上了北京天坛医院的神经外科，预约好医生和床位，只要稀子病情稳定，就立刻转院送到北京做手术。

　　据说北京天坛医院的医生一开始看到是脑干位置的海绵状血管瘤时，纷纷表示难度很大。就在这时，神经科张主任看了稀子的资料，配有一张篮球场上投射的照片，他不禁感叹："多么阳光的小伙子啊，才16岁，是最好的年华啊，怎么能不救？一定要救！小伙子未来还有大好人生呢，你们不敢来，我来……"

　　最终，号称"亚洲第一刀"的张主任接了这个手术，稀子的命算是有了希望！

　　不过能否做手术，如何将稀子平稳地从广州转移到北京是重要的一关。颅内出血不能坐飞机，只能坐火车，当时还没有高铁，最快也要23个小时才能到，而且火车一路比较颠簸，倘若途中再脑出血，稀子将会有生命危险。

　　在广州就诊的医院派了一名脑科资深专家一同前往。那时，稀子经过稳定期的治疗，身体十分虚弱，这是他过往从未有过的感觉。他一直很纳闷，为什么越治疗感觉越差，病症越严重。父母也不能说实话，只是一味给予他希望，表示到北京治疗就能痊愈，让稀子再坚持一下。

　　即便是在这样的时刻，每天昏昏沉沉的稀子还是依然想着晴子。他时常会想："此时的她怎么样了？是否在为我担心，是否影响了学业？见不了面，发不了短信，自己状态又差，这段日子真是难熬啊……"

虽然是不堪回首的一段经历，但现在的麦特稀心里清楚得很，是对于痊愈的热切期望给了他动力，他一定要扛过去！他一定要好起来！还有太多想做但还没有去做的事情，现在还不能结束……当然，每每在身体难受的时候，初见晴子时的那一眼，依然会时常浮现在脑海里，直到今天亦难以忘怀。或许这一眼，也是稀子顶住病痛、迎难而上的动力吧！

# 命悬一线， 踏上北京救命旅程

在广州到北京的火车途中，广播里正在播放谢霆锋的《因为爱所以爱》。稀子听着歌，眼角不自觉地留下了泪水，可能是难受所致，也可能是内心真的很痛苦。

麦妈立马过来用纸巾为稀子擦去泪水，小声说："你现在最不能激动，为了自己的身体，要平静。妈妈知道你在想什么，我和晴子每天都有通电话，她很好，你放心，只要到北京治好病，你很快就能见到她了……"

听了这一席话，稀子的心总算平复了下来，起码还有希望，顺利来到北京天坛医院就是希望，病痛一定可以被战胜，然后又可以生龙活虎般在篮球场上一展球技了，还可以和他最爱的晴子继续在一起。

火车终于在北京西站缓缓停下，经历了近一天的颠簸，终于到了，胜利就在眼前！稀子家在北京的亲朋好友几乎都过来帮忙了，其中就包括他平日里联系最多的表姐卓美璇。

　　美璇比稀子大几岁，算是同龄人，有不少共同语言，他俩应该是亲戚中走得最近的。这次美璇上上下下帮稀子打点、联系、对接天坛医院的事儿，可以说是帮了大忙！稀子当下自然无力致谢，但他是个懂事的小伙子，表姐的好一定都会记在心里……

　　一辆救护车停靠在车厢边，在保证不会过于颠簸的情况下亲戚、医护人员等合力把一米八六的大高个儿稀子抬上了车。红蓝灯频繁闪烁，警报声随即响起，稀子被立刻送往北京天坛医院。

　　后来才知道，医生说路途的颠簸肯定还是不可避免的，极其容易导致第三次出血，会危及生命亦非虚言。或许是吉人自有天相，好在稀子原本身体底子够硬朗，这次才算涉险过关。当然，也有不少人每天都在为稀子祈祷、祝福，这里就包括了在深希中学进入高一下学期、顺利分班后课业变得更重的晴子。

　　由于晴子现在只能通过跟麦妈联系了解稀子的情况，她自然知道北京医院的事情很多，不敢一天一个电话。但是晴子无时无刻不为稀子担心，这种焦急又帮不上任何忙的感觉，让她很无助。

　　晴子有时候也会跟闺蜜倾诉：为什么自己和稀子才在一起那么短的时间就出这样的事？为什么承受痛苦的是稀子而不是自己？晴子感叹人生无常，可这是现实，谁也不能逃避，只能接受。

晴子是一个懂事的女孩，她会收集所有的问题，一周给麦妈打一次电话进行询问。由于自己跟稀子现在真的成了同班同学，她自然认为稀子迟早是要回来一起上学的，现在落下的课亦是一个问题，而且这应该是自己唯一可以帮助他解决的问题了。

现在晴子唯一可以做的就是在学习上帮助稀子，无论上哪门课，她都会做两份笔记，还会帮稀子将老师课堂说的重点记在本子上。此外，还有所有的考试测验卷，她也会帮稀子拿一份，分门别类地整理，准备稀子回学校以后帮着他补习功课。

这样一来，无论老师还是同学，都知道了他俩的关系。有要给稀子的东西，有要传给他的话，都会找晴子代劳。晴子并不在意别人的眼光，她认为自己所做的都是正能量且真正能够帮助稀子的事儿，别人的说三道四没什么好怕的。

况且这一切，也得到了麦妈的默许和支持，晴子就更有底气了。只是她万万没想到的是，稀子这一去北京到回来之时，已经不太可能跟她、跟饱龙做同班同学了……

稀子住院后，立马开始准备手术事宜，即便到这一刻，他都不知道自己得的究竟是什么病，只知道来这里做完手术就能好。自从来到天坛医院，稀子长时间忍受着耳鸣的痛苦！其实在第二次出血后不久，耳鸣就开始了，时而像蝉鸣，时而像火车轰鸣，除非睡着，否则不胜其烦，让人难以忍受，这也让稀子的心情一直处于烦躁、崩溃的边缘。

手术前一天，在忍受病痛折磨的同时，医院护工过来例行给稀子理光头。这事很难不让稀子心生感触，他想起了小说《那些年，我们一起追的女孩》里柯景腾在与沈佳宜的赌局输掉后，去理发店要求老板理一个帅气的光头的经典情节……书中男主角最后只是理了一个平头，但这一夜，稀子真的被剃成光头了，一根头发都不剩的那种！

稀子不敢照镜子，一是身体不舒服，也没心情；二是生病后他就没照过镜子，不敢想象现在的自己会是何等邋遢的模样。他想到了晴子，她会介意自己的光头吗？这可是自己人生中第一次剃光头，要不是为了手术，就算有人拿把刀架在稀子脖子上，他都不会妥协！

临睡前护士小姐姐来给稀子输当天最后一瓶吊针。护士虽然戴着口罩，但稀子从侧脸看到短发的她同样有一双大眼睛，尽管不可能和晴子的眼眸一样，但那种积蓄已久的思念之情，在那个时刻还是止不住爆发了出来——"我好想念我的女朋友啊！"稀子脱口而出。要知道，这种有些肉麻的话，稀子平时是绝对不会对外人说的，今晚他实在是绷不住了！

护士小姐姐听到后会心一笑，可能是过往也经常遇到这样的情况，她用地道的北京腔回应："哟，想女朋友了，别急，明天做完手术就可以回去见面了，祝你们幸福哦！"

稀子知道这是安慰人的话，但还是开心地收下了护士小姐姐的祝福。然而，稀子有所不知的是，住进这个病房的人，都是重症，能够平安、顺利走出天坛医院的，能够重新站起来乃至回归社会的，都属于少数！

手术当天，稀子出奇地平静。

他看了一眼桌旁晴子的照片，闭上双眼，被推进手术室。直到这一刻，他依然不知道自己的这台手术并没有十足把握，稍有偏差自己的生命就将终结。

幸好，手术异常顺利！历经四个多小时的手术，稀子被推到 ICU，插管的难受劲儿还没过去。后来听张主任说，颅脑被打开后发现并没有想象中那么严重，脑干部分没有出血点，只是渗出的血滴了上去，这样一来不需要碰脑干，风险就没有那么大了……术后明显好转的是耳鸣声减弱到近乎没有。这次总算是有效果了，稀子内心暗喜……此时的他并不知道，刚才的经历，让其 16 岁的生命得以延续，他被救活了！

一直在 ICU 待着真不舒服。以前稀子只是看过一些医院题材的纪录片，对这里有过些许了解，但这一回自己亲身体验了，才是真的吓出了一身冷汗！

各种救命才需使用的医疗器械在身旁不时响起，医生、护士只要每次进来都有大动作，经常是在经历生死时刻，那种氛围让人不寒而栗。幸好稀子只需要过吞咽关，没什么大问题就可以转病房了。

第二天上午，张主任过来查房。对于这位自己的救命恩人，稀子真想站起来给他一个大大的拥抱，遗憾的是刚下手术台的他当时浑身没有一点儿力气，更不敢乱动。

张主任平易近人，他拿起一旁的杯子，装了一勺水要喂稀子，稀子下意识反应抬起头喝了下去，吞咽正常，没有呛水。"还是年轻人体质好，能喝水就不用打营养吊针了，从流食开始，今天就可以回普通病房了！"张主任语气温和地说。

这是稀子这段时间来听到的第一条喜讯！这是否也意味着他距离康复，距离与晴子重逢的日子越来越近了呢？要知道，除了父母，一直支撑着他意念的人就是晴子啊！现在一切终于往好的方向发展了，希望就在前方。

# 触目惊心！目睹同房病友离世

　　稀子被送回病房，他已经顺利度过了生死关。父母决定等情况基本稳定后便转入北京宣武医院，那里的康复医疗技术精湛，稀子在那儿可以进行更有针对性的复健，争取能够早日康复。

　　这几天时间，尽管稀子有一些术后不适，精神头也还没完全恢复，但对于麦爸、麦妈而言，心里的一块大石头终于落了地。相比之前的忧心忡忡、愁眉不展，心中承受的压力，此刻感觉轻松了许多，也能更有精神地往返医院和住所了，两人的失眠也都有了不同程度的好转。稀子生命的延续，直接影响着这个家庭的命运。

　　如前所述，住在这间病房的患者都属于重症或疑难杂症，除了稀子这种在脑干最危险处出现病灶的情况外，还有就是脑袋里长肿瘤的，倘若是胶质瘤这种恶性的情况，那么能成功救活的机会不到五成……

在稀子病床的正对面，躺着一名俊朗少年阿诚，他成天戴着一顶灰色的毛绒帽子，身材消瘦。

阿诚被检查出脑袋里长了胶质瘤，之前已经做过一次手术，之后接受了化疗，但没过多久就复发了。此番住院，便是接受第二次手术，看能否把脑袋里的病灶清除干净。

虽然阿诚的患处没有稀子来得危险，他平日病情稳定时，行动、饮食、睡觉正常，跟普通病人几乎没什么两样。但后来稀子了解到，阿诚被诊断出是恶性肿瘤，即便做了手术，也不一定就能保命，还有可能全身扩散，甚至极有可能在手术中或是术后几天因为熬不过去而失去生命。

同龄人之间总是有聊不完的话题，何况是两个血气方刚的小伙子。稀子和阿诚在彼此状态都不错的情况下，是这间病房里交流最多的病友。

"明天就要第二次手术了，你怕不怕？"稀子看着阿诚问。

"都习惯了，交给医生吧，听天由命，上次都挺过来了，我相信老天会继续眷顾我的！"

阿诚摆摆手，望向稀子桌子旁的相框，问道："这是你女朋友吗？挺漂亮啊，她没有来看你吗？"

"嗯，她叫晴子，我们在广州上学，是同班同学，她现在来不了，课业挺重，我也不想让她太担心……"

"你们在一起多久了？"

"其实我们在一起的时间没有很久，但感觉一起经历了挺多事儿，还是很有感情基础的。你呢？有女朋友吗？"

"我这种情况哪敢有女朋友啊！能否看到明早的太阳都不确定呢。看你是篮球健将，很是羡慕。我生病前喜欢玩音乐，在学校里组了个乐队，我是吉他手兼主唱。唉，因为这病已经好几年没摸吉他了，真怀念那些和朋友们一起排练开唱的时光啊。"

"哇，你比我厉害多了！虽然你现在剃了光头，但第一眼看你五官就觉得很帅气，原来之前是玩音乐的，肯定是学校的风云人物吧，一定有很多粉丝吧，哈哈！"

"过奖了，过去的事不提也罢，希望自己可以尽快痊愈，早日回到学校，早日再拿起吉他歌唱，早日找回那种感觉……"

"会的！加油！明天手术一定顺利，都会好起来了，我们一起加油！"

"不瞒你说，兄弟，其实我也一直有喜欢的人，在没病之前我们差一点儿就在一起了，我觉得她也是喜欢我的。不过，后来生病了，就没有再联系了……"

"怕连累她？"

"有这方面原因吧，可能也不全是。"

"你觉得你康复后回到广州，你女朋友还会像以前一样对你吗？有没想过这个问题？"

稀子一下子陷入了沉默，之前一直不舒服，无心多想，还真没考虑过这个问题。经历这样一场生死劫难，不可否认稀子在外形上和过去相比会有一些变化，加上左边肢体麻木还需要时间去恢复，眼睛也有一些问题，这样的自己，真的可以和健康美丽的晴子继续吗？那么长时间没联系了，都是麦妈在传话，他们之间坚定的感情会动摇吗？

他简单回应了阿诚，规避了那个问题，只是祝福他明天手术顺利，并相约未来要去听阿诚和他乐队的演唱会。

第二天上午，阿诚是9：40被推进手术室的，结果稀子等到用完晚餐，都没能等到关于阿诚手术进展的消息。据护士小姐姐透露，似乎在手术过程中有点不顺利，主刀医生让家长确认了好几个方案。直到晚上21：30左右，才得知阿诚手术结束。他也是先被推进了 ICU，因为手术过程没有计划那般顺利。等待这个阳光大男孩的，注定会是一连串的艰辛与苦痛。

两天后，阿诚被送回术前的普通病房。稀子本以为阿诚已经顺利度过危险期了，但看到阿诚的脸似乎又小了一圈，躺在那里一动不动，不时紧闭双眼，似乎没有好转的迹象。稀子也不敢打扰，但很关心这位同龄病友的情况。

第二天一早，阿诚睁开眼，非常虚弱地对他母亲说："我想吃麦当劳的汉堡包，可以吗？"

按常理，这个节骨眼的病人还不能进食，但阿诚的母亲并没有拒绝，连声答应后还说："牛肉巨无霸汉堡，吃不下咬一口也行，哪怕闻一闻也可以！"

没过多久，麦当劳的香味在病房中肆意散开，而阿诚连闻一闻的力气都没有了，他再度陷入昏迷，最终又被送进了ICU。

在那之后，稀子再也没见过阿诚，听医生说是脑部胶质瘤扩散至全身，导致多处器官衰竭，最终在ICU中结束了16岁的生命。

才16岁啊，花季少年就这样走了！稀子不愿接受这个事实，这是他第一次遇到身边人离世，那天下午两人的对话还历历在目，没想到竟然成了诀别前的最后对话……

稀子眼眶有点儿湿润，他不禁感慨，自己是多么幸运，起码保住了生命。阿诚最后给自己提的那个问题，在精神好的时候稀子总会想起，但眼下的自己，真的要珍惜来之不易的幸福，首要的事情只有一件——努力康复，尽早回校上学！

当稀子手术完成以后，他在天坛医院的治疗也告一段落，便提出转院申请，开始下一阶段的治疗。稀子坐上轮椅，被推上了汽车。通过车窗回望北京天坛医院的时候，可谓感慨良多——这里救了他的命，但自己永远不想再来这里了！在这里，稀子见证了死别，也体验了医学治疗下的诸多痛苦，尽管自己还未完全康复，但倘若能换一个环境，肯定会比现在强！

汽车驶入北京宣武医院，一个全新的环境，稀子大口呼吸着早晨的空气，感觉神清气爽。在这里，他将开始康复治疗，这是与天坛医院完全不同的治疗，稀子明白他将付出比常人多出一百倍的努力才行。

　　进入宣武医院后，稀子每天的治疗排得满满的，一切都是为了更好地康复——GM1 的静脉注射、鼠神经生长因子的肌肉注射、高压氧、中医理疗，还有就是每天超过两小时的康复肢体及精细动作特训。相较之前，一下子感觉充实了许多。

　　康复师小刘是一名有点微胖的北京女孩儿，五官精致，戴着一副黑框眼镜。她一对一负责稀子的复健工作，了解完所有情况后给予稀子很严格的规定，要求他一切都要听从她的安排，这样她可以保证稀子三个月后顺利离开这里。

　　稀子听得眼睛都睁大了，这个康复师年纪不大，但说话很有底气，感觉经验丰富。如果自己真的能三个月后出院，就能回广州，那么意味着很快就能见到晴子了……

　　有了这个动力，稀子更是每日积极配合治疗，即使遇到困难也是咬牙坚持，加上自己原本身体底子好，大家都说稀子是转来康复科症状最轻的一名患者，估计用不了多久就能回家了。

　　只是没想到几天后，他竟然在这里迎来了一场特别的"团圆"。

# 三份情，比金坚

自从来到宣武医院，稀子就彻底告别了与死神抗争的阶段，进入了康复治疗阶段。尽管心情肯定没有之前在天坛医院时那么压抑，而且神经系统改善处于朝阳时期，但毕竟经历了脑部的大手术，整个免疫体系需要重新建立，所以稀子在复健最初阶段还是吃了不少苦头……

17 年后的今天。

最近，麦特稀正在阅读小川系的《闪闪发光的人生》，这是《山茶文具店》的续集。他在浏览治愈系小说时，总会回想起当年的往事。在被小说里那看似平淡实则彰显大爱的亲情感动时，稀子拨通了表姐卓美璇的电话。

"美璇姐，大周末的在干啥呢？好久不见，很想你呀！"

"哈哈，算你小子有良心，知道姐对你好，我现在还在加班，最近公司接二连三地有新项目，忙得不可开交。"

"要注意休息，别累坏了身子。"

"你最近怎么样呀？"

"我这边最近还好，工作上的进展一直不错，现在周末参加一些读书会的活动，想多认识一些朋友，也多接触一下各行各业的人，免得生活太过乏味。"

"找女朋友了吗？有没有合适的？你小子别老用晴子的标准去看人，否则总得落空！"

"哈哈，姐，你还记得她啊……"

和美璇的交流总是那么轻松愉快，她是最懂稀子的人，也是最关心他的，两人每次聊天总是不知不觉一个小时就过去了。或许是年长几岁的关系吧，稀子很信任美璇，和晴子在一起后并没有把两人的关系跟父母说，最先告诉的是美璇。后来他和晴子之间遇到的每一件事，美璇都知晓，也算是两人情感的见证人了吧。美璇是支持稀子的选择和决定的，有时候还会为稀子指点一二。而且在他手术后的康复阶段，美璇也帮了大忙，为稀子忙前忙后的，没少费心，这点稀子会记一辈子。

住院时他体温39℃持续高烧不退，浑身无力，不停地咳嗽、呕吐……刚进宣武医院的时候，稀子出现明显术后反应，这是他必须要攻克的一关。当时除了用大量抗生素，也没什么好办法，只能物理降温，只有当免疫体系重新建立了，挺过这一关了，烧才会退。

美璇那时候几乎天天来，她明明很忙，却总说这里比天坛医院离她的单位更近，过来很方便。本来要请护工夜间照顾的，但美璇来了就说这个阶段特别关键，要亲自照顾稀子。

这天晚上，稀子的身体很不舒服，总是感觉忽冷忽热的，隔一段时间就会出一身大汗，整个人都要虚脱了。美璇是真的一晚没合眼，除了盯着吊针，还不停地给稀子进行物理降温，每隔几分钟还会喂水给稀子，还有吸痰……这些都是她以前从未做过的事，现在却一件件都在做。麦妈那段时间神经衰弱，以至于深夜睡不着觉，半夜三点来到医院，看见美璇还在悉心照顾着稀子，没有一点儿要休息的意思……直到今天，稀子依旧记得那一夜，美璇对他的好、对他的恩情，使他深切感受到了亲情的伟大。

在美璇的鼓舞下，稀子顿感有了动力，加上自己坚持积极配合治疗，艰难的时期可以说很快便度过了。

如果说美璇让稀子在病痛面前感受到了亲情的温暖，那么有的人则让他体验到了友情的可贵。

这天，麦妈比往常来得都要晚，稀子做完高压氧治疗后回到病床输液。已经退烧的他精神好了许多，此刻正寻思中午吃什么。

"稀子，你看谁来看你了？"随着一声高亢的问候，稀子望向门口，随后可以用"瞠目结舌"四个字来形容他此刻的表情。尽管病灶已经彻底去除，没有了生命危险，但在康复阶段，医生还是建议稀子不要情绪激动。不过此情此景，不仅仅是意外，更多的是喜出望外，稀子怎么可能不激动呢？

两名一米八多的大高个儿出现在病房里，立马成为整个康复科的焦点。稀子脱口而出："天啊！饱龙、饱原，你俩怎么来了！"

"你一下子消失太久，禁不住想念呗，我们代表同学以及好友们来看看你。"饱龙随即回应。

"还好吗？大家都不习惯没有你在的日子呢！"饱原说。

毕竟是"饱饱三兄弟"，话匣子一打开就刹不住了。稀子真的很开心，他特别感谢他俩的前来，在简单阐述那如噩梦般的手术过往后，也询问了学校、班级以及球队的一些情况。三人在一起笑声不断，引得隔壁房总有人走过来想一探究竟。

原来这次是借着暑假的机会，饱龙和饱原在征得麦妈的同意后，专程来探望稀子的。如今两人的高中生活都已发生了不小的变化：饱原父母决定送他去澳大利亚墨尔本读大学，结束高二的学业后就提前过去读预科，家里甚至希望他在那边长期发展，虽然未来的事谁也说不准，但高考他是肯定不参加了，所以暑假就相对轻松一些，可以来北京放松一下。饱龙也可谓"殊途同归"，他虽然不出国，但作为体育特长生参加了全国游泳锦标赛并斩获佳绩，不久后就要进省队训练了，他已决定要走职业运动员这条路，自然也不需要参加高考，趁着暑假的时光，与饱原一同来北京探望稀子。

"你是不知道啊，稀子，深希中学为了高考升学率可是把人累得够呛，上了高中哪儿还有什么寒暑假，各种班、各种辅导、各种题库，就是要大家提前适应高三的节奏，说是到了高三，反而没压力了！我看啊，倒不是没压力，是麻木了，或者到时候变本加厉，总之和现在没什么区别。"

饱原一边抱怨，一边望向饱龙。饱龙心领神会般点点头接着说："可不是吗？我们俩要不是早早定了前景，确定不参加高考，现在根本不可能有时间过来！稀子，我和你都在文科政治班，你都不知道学业有多紧张，不然的话，晴子……"

"晴子怎么样了？她还好吗？"稀子听到这个名字就像条件反射一样，立马抢着问。

"别激动，知道你关心晴子的情况，我们这次自然也是代表她来的。她挺好的，一开始吵着闹着一定要跟我们一起来，不想总是通过手机、通过阿姨了解你的情况，她总是想得多，怕麻烦别人。不过这个暑假学校真的是疯了，估计是上一年高考的整体成绩不理想，校领导不想重蹈覆辙，要求我们充分利用好这个假期，进行辅导，甚至提前开始后面的课程，就是为了为高三争取更多时间，为高考做更充足的准备！如果你在，肯定也得参加，除了确定不参加高考的人，谁也不能缺席，所以晴子真的是迫于无奈，来不了……"饱龙拍了拍稀子，仿佛在安慰他。

稀子听后很无奈，和晴子已经很久没见面了，心中的思念像翻滚的浪，时常涌动着。自己当然很想见晴子，做梦都想，但又怕现在自己的模样与当初有些不同，会让晴子一时间接受不了……忽然，他又想起了阿诚问自己的那个问题，此时此刻，自己真的不敢保证与晴子再见时，他们的感情能依旧如初。

见稀子陷入短暂的沉默，饱原站起来说："别这样，打起精神来，没有晴子还有我们俩啊。我们会在北京待一段时间，在这里陪着你康复训练，大家都在广州等着你回去呢！"

下午的康复训练，有了饱原和饱龙这对"左右护法"的陪伴，稀子确实更带劲儿了，各种动作可以说都能够超水平完成，展现出了一部分运动员的身体素质。小刘康复师对稀子当天的表现尤为满意，看来，现场有朋友的鼓励，无论出于什么心态，对康复都有积极、促进的意义。

经过兄弟俩一段时间的陪伴，稀子的康复进度果真大有加快，一切都在往好的方向发展，距离出院返校园，真的不远了！

这天做完全部的训练和治疗，晚饭后三人在医院里散步，眼看着再往前走就要到医院职工篮球场的时候，稀子主动掉头，执意要往回走。两位兄弟看在眼里，相互对视了一下，心领神会，但嘴上什么也没有讲。

其实三个人都心知肚明，至少在很长的一段时间里，稀子不能打篮球了，他当年发誓要成为职业篮球运动员的梦想肯定是彻底破碎了！为了不触景生情，三人平静地返回病房，在这段时间，饱龙和饱原也特别注意，与篮球相关的话题尽量不提。

"饱饱三兄弟"在北京的相聚十分难得，这情谊也真正帮助了稀子，使得其康复前进了一大步。直到今天，麦特稀在不经意间回想这一段时光，都会由衷感谢他俩的力挺。现在的稀子和饱龙每隔一段时间必会聚在一起聊聊近况，分享喜怒哀乐。遗憾的是饱原真的选择在墨尔本长期发展，加上这两年疫情缘故，大家除了微信上的交流，确实已经很久没有见面了……三人的相聚，似乎也变成了一种奢望。

稀子心里一直放不下晴子，只是当着他俩的面，不方便表露太多这样的情愫。在两位兄弟的推动下，稀子确实在康复上渐入佳境，现在的稀子可以进行短时间的通话了，麦妈限定时间并做好规定，才把手机拿了出来。

此刻，稀子心潮腾涌的，他才不看那成百上千条的留言，直接打开电话本，拨通了晴子的手机。

嘟、嘟、嘟……响了三下，电话接通了，稀子根本没等那边说话，便抢先说道："晴子，是我，我是稀子，你还好吗？"

对方没有回音，电话里甚至连一点声音都没有，不由得让稀子产生了错觉，心想，难道是网络信号不好？

当稀子想要挂断重播的时候，很明显带着鼻音的回复才响起："真的是你吗，稀子？我等这个电话等了太久了，真的太久了！这是不是意味着你目前状态已经不错了，请相信，我是真的想和他俩一起过去的，但……"

"我都知道，你身不由己，他俩都跟我说了，这没什么，现阶段还是学业第一啊，你要因为看望我而耽误了学业，真的跟他俩来了，内疚的反而是我了！"

"……"晴子又是沉默片刻。

"我现在一天比一天好，很快就可以回去了，等我，晴子，还有，我很想你！"稀子抢着说。

"嗯，我一直在等，我也很想你，太想太想了……"

就这样一句接着一句，两个人似乎有说不完的话，而这背后是他们对彼此无尽的思念。半个小时转眼就过去了，麦妈虽然不舍得打断，但还是提醒稀子结束通话，毕竟取得目前的成果来之不易，眼下不能再出一点差池。

"晴子，我得挂电话了，以后每周都会给你打电话，而且接下来的每一天都会越来越好，可以更多联系。"

"我不要打电话，我要你快点回到我身边，加油，稀子！"

"我会非常努力进行康复训练的，你放心。还有，就算我的样子和以前有些不同，暂时不可以打篮球，你还希望我在你身边吗？"

"你在说什么胡话，稀子，我喜欢你，就是喜欢你的一切，只要是你、只有是你，其他都不重要！这次好起来，未来还会有更好的生活，与其他的相比，相貌一点儿都不重要啊!"

稀子在晴子的语音语调中可以感受到她的哽咽,最后她还承诺稀子说:"别胡思乱想,我在广州等你,我的心永远属于你!"

稀子挂掉电话后久久不能平静,真的很久没有这种感觉了。终于和晴子有了直接的沟通,也终于听到了她对自己一直担心的问题的答复,这样的承诺有千斤重,也鼓舞着稀子继续加把劲儿,尽快康复,回广州见自己心爱的人。

一通电话就像是一条无形的红色纽带,把遥远的广州和北京紧紧地联系在一起。每周通过无线电波,晴子温柔的声音、亲切的问候,就像一股暖流一样激荡着稀子的心。

那段时间,他们每周都会通一两次电话。每当稀子在康复训练后疲惫不堪,不想继续下去的时候,晴子温柔的声音都会在他的耳边回荡,脑海中又出现了校园里健健康康的自己在球场上挥洒汗水之时,晴子在场地旁边的长椅上为自己加油鼓劲儿的场景。

他想要克服眼前的种种困难,努力地康复,要竭尽全力让自己的身体恢复到最好的状态,然后以一个崭新的面貌重新回到晴子的身边。这就是爱情的力量,像有无边无际的魔法一样,激励着稀子克服种种困难,勇敢面对,艰难地一步一步地在康复的道路上前行。

而稀子与晴子的对话,对晴子来说也是一种无限的鼓励。

稀子鼓励她克服高考前繁重的功课压力和沉重的学业负担，鼓励她努力地把每一门功课都复习好，用最好的高考成绩实现自己人生的理想。

爱情好似有无边的魔法，鼓励着稀子和晴子两个身处异地、心心相印的恋人，在不同的城市、不同的战场里，努力向着自己的心爱的人、向往的目标去努力地靠近，努力地前进，勇敢地面对困难。这种力量是多么坚不可摧啊！

回想起这段时光，麦特稀竟十分庆幸当年手机视频通话尚未普及。有时候声音的传递，会比视频影像的交流更有效，也能更让人回味。而在那个节骨眼儿，若让晴子看到自己在病床上的模样，即便对方有心理准备，一时间估计也无法接受。幸好在那段时间里，俩人固定给对方打电话，声音的问候同样温暖。

"我一定要恢复到最佳状态，再回去见晴子。"当时的稀子，已下定决心，并许下这样的承诺。

# 无助的目光与羡慕的眼神

对于一名脑手术患者而言，康复之路异常艰难。由于神经系统在术前术后不同程度地受到了损伤，不可避免地会发生一些近乎不可逆转的后遗症，这也是生命得以延续的代价。要知道，目前的医学技术，还做不到让原本已经受到损伤的神经得到再生或恢复，最多只能通过患者术后不断努力进行康复训练，让损伤的神经通过正常的神经代偿，或者患者逐步适应损伤神经下的支配感觉，一点一点尽可能地回归正常。

尽管很残酷，但这就是现实，所有经历过脑手术的患者都必须接受！稀子病情的复杂之处就在于术前他脑部的渗血已经压迫了运动平衡神经和眼神经，加上手术中不可避免的轻度损伤，尽管年轻充满活力的他在现阶段具备较强的神经代偿能力，但康复之路注定不容易，依旧是枯燥、困难、艰辛的。倘若没有坚忍不拔的毅力、没有持之以恒的动力，真的很难坚持下去。

　　稀子当然希望自己尽快康复，他谨遵医嘱，严格按照每日的项目安排，这段时间日复一日，重复着单调又乏味的康复训练。在医生眼里，稀子已经是康复进度非常快的患者了，但急性子的稀子依然不满意自己的复健速度，恨不得每天都能看到可喜的变化。也是由此，稀子有时在训练过程中有点儿小情绪，他会用手捶打自己受影响的肢体部位。稀子着急啊，他希望快些好起来，这样就可以重新回到学校，可以天天见到朝思暮想的晴子，可以尽快兑现自己的承诺……

　　康复师小刘每天都会在一旁指导稀子进行训练，稀子的言行举止她都看在眼里，自然明白稀子内心的焦躁和无奈。当她发现这种势头愈演愈烈之时，便会安慰道："知道你心里着急，但康复再快也有一个过程，而且是细水长流的过程，一般都是按周来计算，不可能按天来算的。要知道，欲速则不达。稀子，这是科学，咱不能违背！你看看周边的人，你已经是恢复得最好的了，千万不要有情绪，不要着急，心急吃不了热豆腐，你一步一个脚印，踏踏实实的，康复效果将会更好，要相信我！"

　　稀子一直很听康复师小刘的话，于是便收起了小情绪，继续训练。的确，虽然自己一直觉得恢复得不够快，但与病友们相比，他算得上是恢复得最好的了。

　　康复师小刘的那番话，确实对稀子产生了作用。在天坛医院和这里，周边的环境、身边的人，确实给了稀子不一样的冲击与触动。

住在稀子隔壁床的是李耀东，大约 30 岁，虽说是醒着的状态，但四肢不能自主运动，也不能正常说话，整天耷拉个脑袋，和植物人没什么区别。

一天，小伙子的妻子来看他。这是一个二十五六岁的少妇，五官看上去很精致，皮肤倒是有点儿黑。每当稀子精神状态好的时候，李耀东的妻子就会跟他聊一会儿。她日复一日地看着丈夫，但丈夫的康复进展十分缓慢。对较于他，稀子的康复进展明显快多了。

看着稀子一天天好起来，她禁不住叹着气对稀子说："真是命运不公啊，你看老天爷怎么这样子对待我们？我们家耀东在没有出事之前，还是我们村的拖拉机手，他身体一直非常健康，一年四季连感冒都不得，结果现在出了这么大的事情，真不知道他猴年马月才能够恢复健康！"

"怎么回事儿？"稀子听后不禁问道。

"我们是枣庄李家村的，祖祖辈辈都是农民，面朝黄土背朝天。每年的收入也不多，日子过得紧巴巴的。"

李耀东的妻子停顿了一下，叹了口气，接着说："没想到五年前我们村的地下，突然发现了煤矿，听说这个煤矿的储量很大，几百年都挖不完。于是，有矿产公司来投资，所有的村民都变成了股东，我们村的人再也不用种地了，而且生活有了天翻地覆的改变，真是天上的馅饼落到了我们的锅里呀！"

　　讲到这，李耀东的妻子目光闪烁，又继续道："每年光靠采矿公司的股权分红，每家每户都有三五十万元，而且呢，我们也不用种地，除了自留地种菜之外，所有的地都属于矿产公司所有。所以有的村民就出去做生意了，村里剩下的都是一些老人和行动不便的，还有就是你们城里人常说的留守儿童。"

　　她又看了看病床上的丈夫，继续道："我们家耀东原来是个拖拉机手，在村里跑运输，我们家日子也还算过得去。但是，自从入股矿产公司，有了股权分红以后，耀东也不再工作了，与他的狐朋狗友整日无所事事，花天酒地，赌钱打牌。出事之前，耀东连续打了两天的麻将，还大吃大喝，喝了不少酒，半夜12点多才开车回去。没想到车就一头撞到了村头的老槐树上，车当时就给撞散架了，人也不省人事。被村里的人发现以后，拨打120送到了县医院，经过抢救，保住了命。"

　　说完她自己松了一口气。

　　"然后我们就开始在省医院进行康复治疗。后来听别人介绍说，北京宣武医院的康复治疗全国领先，我们家又到处托人，好不容易才把他转院来到这里。可是耀东来到这儿已经有六个月了，他的康复几乎没有什么进步。你看他现在还是不能说话，手脚也不能动，跟个植物人差不多……"

　　说到这里，李耀东的妻子已是两眼婆娑了。

　　"他的病情如何？是伤了什么地方？"稀子不禁问。

　　"他的大脑、小脑和丘脑都受了不同程度的损伤，医生说这种损伤是不可恢复的，而且不能做手术，只能靠药物和康复训练慢慢地让手脚恢复知觉动起来，即便以后能动了，这只能算运动这方面恢复了。语言功能同样需要一点点建立，也得像婴儿一样重新学说话。"

说到这儿，李耀东的妻子又不禁长长地叹了一口气，她接着说："我们还有一个两岁的女儿，她还什么都不知道呢！他一下子变成现在这个样，今后的日子不知道要怎么过呢……"

稀子在输液时望向旁边躺在病床上一动不动的李耀东，然后又看了看眼神近乎绝望的他的妻子，不禁陷入了沉思：都说久病床前无孝子，现在他这样的状态，给人一种康复无望的感觉，李耀东的妻子会一直伴随他左右吗？好在李耀东现在家境比较殷实，住院开销不成问题，估摸着养他一辈子也没问题吧，但以后的生活……

稀子不敢再想下去了，毕竟是别人的家事，自己不好多言，何况他本身也不是好事之人。看着李耀东的妻子从一开始的无微不至、细心、贴心护理，到久而久之失去耐心；从每天必来，到三五天来一次，看一眼就走，而且不停地抱怨命运的不公。稀子着实不认为这个家庭可以维持下去，不过也可以理解，任何家庭遇到这样的大变故，往往都难以经受得住考验。

在康复训练室，病床上的李耀东被保护带绑得紧紧的，依靠直立床的位置变化硬是"站"了起来，可从他的表情和神态来看，他似乎还不太适应这感觉，发出不适的叫喊，耷拉着脑袋，双目空洞无神地看着正前方。

正在平衡机上训练的稀子此时目睹了这一切，李耀东的表现更加确信了稀子之前的想法。李耀东无比空洞的眼神透露着一种无奈，或者更准确地说是一种无助：不知是对家人的无奈，还是对这个世界感觉无助。或许此刻，他最缺的就是继续康复的动力，甚至可以说是努力活下去的动力。

李耀东孤立无援的眼神与稀子动力十足的眼神交汇，两人所展现出的那种强烈的反差透露出现实的残酷，或许只有身临其境的人才能感受到。要知道，直到稀子出院，李耀东的父母都没有出现过……

还有一个女孩儿，应该跟稀子年纪差不多，是在康复训练时认识的，也给当时的稀子留下了极深的印象。她叫兰心颜，平时话不多，性格比较内向，由于脊椎出现了问题导致下肢暂时失去知觉，她比稀子更早来到康复科，但复健进度始终原地踏步。

小兰拥有非常精致、立体的五官，或许由于长时间卧床，身体有些臃肿，但稀子基本可以确定，小兰在生病前，绝对是个超级大美女！

简单交流后，稀子得知小兰来自一个离异家庭。她五岁时父母就离婚了，母亲是小学语文老师，几年以后，母亲带着她和妹妹改嫁了。小兰的继父是一个画家，他对小兰姐妹二人很好，特别是当他发现小兰有绘画天赋后，十分耐心地教她画画。他是画西洋油画的，小兰从他那里学习了很多油画的绘画技巧。

小兰得病之前是北京美术学院油画系二年级的学生。就在期末考试前的一天早上，她起床后突然感到腿软，一屁股摔坐在了地上，随后就再也没站起来……送到医院检查后才发现她腰椎上长了一个胶质瘤。可是胶质瘤切除以后，双腿还是没有恢复行走能力。由于这个瘤子压迫神经时间太长，所以，医生说要经过相当长的一段复健时间，她的双腿才能够恢复行走。

小兰的家庭并不富裕。她的继父虽然是一个非常勤恳努力的画家，但是因为绘画水平中等，他的作品卖价并不算高。参加过多次画展，也跟一些画商签订了购画合同，但是，为了治病，家里把能够变卖的东西近乎都变卖了，因此家里一直过得紧巴巴的。好在小兰是个懂事的女孩，母亲和继父对她的付出，小兰都看在眼里记在心里，她明白现在唯一能做的就是全力做好复健，争取自己能够早日康复。

听了稀子简单介绍自己的情况后，小兰微笑致意，并没有说太多的话，她一直都很安静，在那里进行规定的康复训练项目。稀子心里想，小兰如果完全康复，肯定是一名有气质、有活力的女生，只可惜命运的不公让其仍在这里承受病魔的折磨，真是太可惜、太遗憾了！

最让人无法忘怀的是那一次，稀子在跑步机上进行快速奔跑训练的时候，在跑步机一旁的康复床上，小兰正躺在上面做下肢的力量训练。那时，小兰的注意力完全没在她自己身上，而是侧着头一直看着稀子跑步的样子，就那样一直看，一直看……后来，稀子在跑完一个阶段停下来的时候，发现了小兰看向自己的眼神。

那是一种发自心底的羡慕目光，小兰望向稀子的那个瞬间，稀子能感受到她多么希望在跑步机上飞奔的是自己呀！他永远也不会忘记那个眼神，也永远不会忘记小兰，不知道后来的她过得怎么样，希望她一切都好。

后来，稀子在康复训练时会特别留意，但凡小兰在康复床上进行肢体训练时，他绝对不去跑步，而是先做别的，等她练完离开后，他才进行跑步练习。

稀子内心并不是排斥看到这种羡慕的眼神，毕竟以稀子目前的状况，他羡慕别人还来不及呢，这么做只是不想刺激小兰，让她可以安心康复。他坚信，上天关上一道门，一定会再打开一扇窗。

小兰在跟他聊天的时候，曾经憧憬着未来，说她康复以后要爬黄山，逛峨眉，要画世界上最漂亮的风景油画，让更多的人来欣赏她的作品，还要挣更多的钱，让父母过上好日子。

她就这样说下去，激情澎湃。她越来越兴奋，面颊发热，眼里闪闪发光，嘴角扬起幸福的微笑。即使她真的拥有这一切美好的事物，她肯定也不会比现在更开心了。

随着日复一日的努力，稀子在宣武医院的康复治疗也要结束了。医生认为以他现在的表现完全可以出院了，继续的康复可以用"走读"的性质进行——平日在家，每天来医院治疗即可。一切都顺利进行着，从饱龙、饱原来陪伴稀子康复开始，到与晴子开始恢复通话联系，动力十足、目标明确的稀子在康复这条路上可谓渐入佳境，每一周都比之前有明显的进步，着实在其身上看到了年轻人无惧挑战、勇往直前的那股劲儿。

生活就是如此，永远充满了惊喜与未知，但接下来的一个重大抉择，又开始困扰稀子及其家人。

# 最后一搏！稀子一定要兑现承诺！

金秋十月，北京迎来了全年中最舒爽的日子，暖暖阳光伴随着和煦的微风，让人心情愉悦。现在的稀子，经过不懈努力，基本可以在专车接送的情况下独自完成一天既定的康复治疗了。当然，麦爸、麦妈不放心，还是找了个人从旁跟随，以免出现意外。但实际上稀子都是独立完成所有环节的，他辗转于医院和住处，常跟家人说："只要自己用心且特别注意，不会有任何问题！"

与晴子每周的固定通话已然成了习惯，随着稀子身体的日渐好转，大家聊得更尽兴，交流的时间也越来越长，双方想要见面的心则越来越强烈、迫切。有好几次稀子都恨不得钻进电话里，直接通向电话那一头……

稀子总是说："现在自己最想要的礼物就是哆啦 A 梦的任意门，打开便是你所在的地方！"

晴子笑他傻，但心里也是特别希望与稀子相见。

高二的课业压力有增无减，晴子喜欢的人不在身边，也没有时间和动力再去篮球馆看训练，每天除了学习还是学习，难免有些枯燥乏味。稀子在电话里也感觉到了她的这种情绪，试图分享一些有趣的东西让她开心。晴子听着这些，内心确实感到愉悦，但并不是因为稀子具体说的内容，而是她可以确定稀子的身体真的是越来越好了，已经可以关心自己、理解自己、开导自己了，她想距离两人重逢的日子应该不远了。

稀子到北京住院做手术的事情在深希中学都传开了，或许在那个年代，篮球场上的佼佼者总能享受风云人物的待遇。晴子作为稀子的女朋友，除了经常会有人向她问及稀子的情况外，还有一次特别的待遇让她难忘。当两人在电话里分享这件事的时候，稀子也十分感动。

新一年的全国高中篮球联赛如期而至，学校在明知稀子无法参加的情况下依然为他报了名，把原本属于他的 11 号球衣留给了他，而且所有教练、队友都在球衣上签了名，送上温馨的祝福。11 号球衣由队长交到晴子手中，比赛时她也被安排在更靠近球场的看台位置就座，这体现出大家对稀子的认可与爱，大家都在等着稀子回来，等着他重回球场的那一天。

不过稀子心里清楚，即便他恢复到再好的状态，投投篮或许没问题，但是要回归球场继续这种充满身体对抗的运动，是不可能的，而且也不会被医生允许，恐怕要辜负大家的期待了。也正是有了这个令人动容的小插曲，稀子下定决心，即便自己很想立马回去见大家，见晴子，但知道眼下还不是时候。

一向要强的稀子想起了之前在宣武医院打给晴子的第一通电话里最后所说的话，他一定要兑现承诺，要让自己用最好的状态再次面对晴子，哪怕还要等待一段时间，也在所不惜。

是的，正因稀子暗下决心，他对近期家人频繁讨论的一个问题，做出了自己的决定——返粤前的最后一搏！稀子决定要去北医三院做眼肌复位手术！

稀子当初是因为眼睛看东西重影才发现脑部问题的，所以视神经是最先受到压迫的地方。即便脑部手术救了命，眼睛出现的一系列问题依旧很难解决，毕竟那里是微小器官神经，营养本身就比较难到达那个位置，加上这种情况是自身努力也没办法改善的。医生基本判定当前这种情况是不可逆的，除非做手术利用外部力量进行干预。在这种情况下，想要解决问题，确实只能通过手术来纠正，但家里人担心稀子刚做过大手术，是否已经产生了恐惧和抵触心理，建议这个手术缓两年再做……

谁曾想到，这天晚饭时，稀子主动提出自己已做决定，要做完这个手术，在自己整体状态变得更好之后，再返回广州。毕竟这个手术与未来的生活质量、整体形象都有关，而且从医学的角度出发，自然是越早做越有益。

麦妈其实也是这么想的，之前的担心既然已经不存在，雷厉风行的她便马上联系了北医三院眼科的周乐教授，他是这方面的权威专家，对这种手术有十足的把握。"冰冻三尺，非一日之寒。"周教授有如此高深的医术，与他多年来刻苦钻研、勤奋努力分不开。

稀子是周五住进北医三院的，医院环境很好，氛围也比较轻松，来到后便开始着手准备住院和手术的相关事宜。麦妈担心稀子对手术有阴影，为了他能更好地休息，直接申请了单间，稀子归心似箭，想到用不了几天就能出院，一切安排都十分配合。手术计划在下周一上午进行，这是周乐教授当天的第一台手术，一切都在有条不紊地进行着。

周教授开朗、健谈，还有些幽默，知道稀子的经历以及对手术本身有一定恐惧之后，表示会想办法在术中分散其注意力，让麦爸、麦妈不用担心。

眼肌手术虽说不比脑科手术，不会直接攸关性命，但术业有专攻，同样是高精尖技术，并不属于几十分钟就能完成的小手术。而且这个手术要在局部麻醉的状态下进行，也就是在进行的过程中，人是完全清醒的状态。在这之前，稀子没有这样的体验，听了后未免有些担心。但周教授拍着胸脯说有办法让自己不紧张，才算松了一口气。

这一次，稀子不打算告诉晴子眼肌手术的事，一方面他不想她因此而担心，另一方面，渐入佳境的康复让稀子回归之日愈发接近，此时又说要做一个手术，相当于又要等上一段时间。他不希望已经在承受很大课业压力的她，再去承受继续等待的压力……到时恢复好了回去再分享这段经历，也未尝不可。

周一上午 9 点，稀子走进非常先进，甚至可以说有一些科幻性氛围笼罩的眼科手术室，见到全副武装的周乐教授，双方打了个招呼，稀子才躺下来做术前的最后准备。当麻醉师开始准备往稀子太阳穴旁注射局部麻醉剂针的时候，周教授打了一个响指，意想不到的事情发生了。

手术室开始播放周杰伦专辑《范特西》里的歌曲，先来的就是一首稀子平日总在循环播放的《安静》，紧接着《简单爱》《开不了口》《威廉古堡》陆续而至……

"怎么样？都是你爱听的吧？我们这儿还是第一次放他的歌呢。别紧张，彻底放松下来，就像平时听歌时的状态，顺利的话一个半小时就能完成了！"周乐教授心平气和地说。

稀子不敢说话，只能竖起大拇指连连点赞，刚才揪着的心确实在音乐响起后放松了，原本疼死人的麻醉针，现在感觉也还好。

这个手术最难的部分，就是将眼球的肌肉扯动到正常位置的那个过程，即便打了麻药也会有酸胀感，而且会影响心脏、血压等其他数据。当然，这也是手术最重要的部分。周乐教授在开始操作前，跟稀子做了个提醒，并就一些简单的体育话题进行询问。这个阶段，稀子已经可以正常说话了，原本听到开始牵拉的话语有点儿紧张的他，又一次被突如其来的问题分散了注意力。

"你知道英格兰足球队的彼得·克劳奇吗？他有多高？是世界上最高的职业球员吗？"

"当然知道，2.01米，应该是最高吧，不确定，但肯定是英格兰队最高的。"

"这身高放在篮球场上如何？你说他能否兼顾？"

"太矮了，根据现在的发展水准，顶多就是个后卫，撑死了可以打小前锋，反正算个子矮的，足球和篮球太难兼顾了，估计世界上还没有一个人可以做得到！"

"你最喜爱的NBA球员是谁？你是喜欢他球技多一些？还是整体魅力？总感觉体育圈的明星和娱乐圈偶像不太一样。"

"您说到点子上了……"

两人就这样有一句没一句地交流着，突然一个"完成了"从周乐教授口中蹦出。稀子近乎没有感觉，或者说他还没有完整回答完周教授的提问，关键部分就做完了！

稀子才反应过来，周乐教授连续的提问，并非简单的问答，而都是需要稍微思考一下的问题。包括播放周杰伦的歌曲，都是为了分散稀子的注意力，让其可以在不知不觉中完成手术，不会因各种操作而受到惊吓。

接下来更有意思的事情发生了，这是在十几年后麦特稀平时听郭德纲、于谦的德云社相声谈及"返场"时总会想到的，他感觉当时的周乐教授，也给自己来了个"返场"！

"你不是说上眼皮总会倒睫吗？我想了一下，干脆帮你做个双眼皮，把下一层眼皮翻过来，就能彻底解决这个问题了！"

周教授像开玩笑般把这番话说了出来，稀子手术之前承诺过，一切都会听从、配合医生的安排，所以立马答应了。

不过他内心真正想的是：哈哈，至此之后自己就变成双眼皮了，这样眼睛会变大一些吗？晴子见到不知会有怎样的反应？真的越来越期待了！

一个纠正眼肌的手术，不能说顺道，周乐教授圆满完成后还来了一个"返场"，把双眼皮手术给一并做了，但显然这一切并不是为了美容，而是切实从实际出发，解决主要矛盾和顽疾。加上手术过程中周教授无微不至的照顾，稀子一家人非常感谢他。经历一周时间恢复后，稀子可以更好地面对接下来的人生了，手术效果比预想的还要好。为了表示对周乐教授的感谢，麦妈亲自撰文发表在当时的各大主流媒体上。

"眼睛是心灵的窗户。"这不仅仅是意大利文艺复兴时期画家达·芬奇的名言，也是自然界对万物生灵的恩赐。

鸟儿因为有了眼睛，才对天空无比向往；鱼儿因为有了眼睛，才在水中无限欢畅；人类因为有了眼睛，才能承载着生命之初的颜色，眺望着千姿百态的自然景观，关注着五彩缤纷的人类世界，凝视着世间的正义和美好，品味着人间百态、阴晴冷暖……

　　然而，并不是每个人都可以用那一双黑白相间的晶莹来观察世界、享受人生。有的孩子一来到这个世界上，由于先天的斜视、弱视，就无法"正眼"看世界；也有的成年人由于疾病、车祸、意外事故等伤害，眼睛再也无法"正视"那个他们曾经熟识的世界，这给他们带来的痛苦和烦恼是可想而知的。值得庆幸的是，眼科医生这群"心灵窗户的呵护师"，正用他们的智慧和辛勤劳动，为这样的人群解除痛苦。

　　北医三院这段旅程终于结束了，它不能算是康复之路上波澜起伏的高潮，但对稀子，对稀子的未来而言，确实具有非常重要意义！稀子也终于兑现了承诺，可以用最好的状态去面对昔日的挚友，面对长辈、老师、教练，面对晴子了……

　　此时此刻，只有"整装待发"四个字可以形容稀子此刻的心情了，完成了最后一搏，他真的可以回家了！

# 爱在"裂痕"中前行

　　回家的日子，也是万象更新的时节，在每年北京即将迎来沙尘暴最肆意妄为的时候，稀子终于盼星星盼月亮等到了返回广州继续学习生活的日子。

　　这次"重生"之旅注定是不到 20 岁的稀子有生以来最刻骨铭心的经历，但无论过程如何艰难，结果终归是好的。毕竟自己是躺着出发、走着回来的，还有什么比生命的延续更让人动容的呢？只不过这段治疗旅程走完了，"康复"之旅却仍未结束，而且将持续很长一段时间。顺利回到广州之后，稀子在逐步恢复正常学习生活的过程中，依然需要不间断地进行复健锻炼、强化身体机能，直至完全恢复正常。医生的嘱咐稀子近乎是左耳进右耳出，这个急性子的小伙儿一门心思只想着快点回家，快点回到学校。

　　踏上广州的土地，一种久违的亲切感扑面而来。此时的稀子已经无法压抑内心的亢奋，这甚至比过往连续投进 5 记三分球还要激动！

尽管迈起大步流星的步伐还是会有一点儿不稳，但在无比熟悉的家门口前下车的那一瞬间，稀子近乎是以一路小跑的架势朝家里飞奔的。迫不及待地推开大门，他到家的第一件事，便是不管不顾地冲进自己的房间，一个"大"字倒在那张既熟悉又有些陌生的床上。

"终于回来了，还是熟悉的味道，太怀念这一切了！"稀子面对阔别一年之久的房间感叹道。

随即他就像以前一样打开了 CD 播放器，音响里还放着他离开前最后听的谢霆锋的《玉蝴蝶》《活着 viva》——

年轻得碰着谁亦能像威化般干脆

快活到半日也像活尽一百万岁

任何事亦能像青春般清脆

快活到每日大一岁

…………

第二首歌太给力了，仿佛唱出了此刻稀子的心声：活着真好，活着就应该做有意义的事情，活着就要珍惜眼前人。

此时稀子的脑海中突然跳出晴子的笑脸，躺在床上的他立刻睁开了眼，从口袋里摸出手机，心想：那么这件事，眼下必须付诸行动了！

"我到家了，十分想念你，一会儿可以见你吗?"

回广州之前，稀子曾在电话里答应过晴子，一到家就给晴子发信息。

发完消息，稀子对着屏幕等了好久，期待中还带有一丝忐忑，那是只有对自己喜欢的人才有的感觉。稀子真的有太久没有见到晴子了，此刻没有任何事情可以阻碍他们重逢。

不一会儿，稀子的手机响了一下。

"我已经出门，在路上了，一会儿见。"轻描淡写地回复，依然掩盖不住晴子同样迫切的心情。

湖边石凳上依旧坐着正谈情说爱的恋人们，微风袭来，杨柳拂面，好一番美景浮现在眼前。这是一年多前，晴子专门来稀子家找他的那次，两人分别的地方。稀子提前来这里等她，此情此景很难不让人陷入回忆。

不一会儿，一辆出租车停靠在湖边，一个脚踩纯白色运动鞋，身穿浅蓝色连体长裤、白色清新 T 恤的女孩下了车，"啪"的一声，毫不犹豫地关上车门，径直朝前走去。

晴子下车之前便透过车窗看到了坐在湖边等待的稀子。她一下车，二话不说，三步并作两步，后来直接改为小步快跑，始终不变的是，她的眼睛目不转睛地望向他。

这一次，不仅是她望向他，他的目光也在更早的时候已聚焦在她身上，望着她飞快地向自己奔来，他仿佛感觉到她的心也正在飞速地向自己靠近，此时的稀子脸上不禁扬起微笑。

　　由于眼肌手术的成功，加上康复训练的显著成效，说实话，倘若时间定格在这个瞬间，晴子眼前的他——稀子——和生病之前，几乎没有什么变化：还是那个一米八几的大高个儿，还是那个跟自己傻傻招手打招呼的心上人。

　　看到他朝自己挥手，晴子咧嘴笑了起来，赶快招手回应，跑到他面前。除了招牌式的笑容外，稀子终于又看到了那双让自己魂牵梦绕的大眼睛。

　　"还知道回来呀！"晴子刚站在稀子面前就朝他的胸口给了一记粉拳。

　　"嘿嘿。"稀子也没有躲开，就让她打着，仿佛是想让晴子感受到自己这次是真真切切地站在她眼前了。

　　"让我好好看看你！"晴子打趣道，然后双手握住他的双臂，把他的身体摆得端端正正的，仔细端详着他的脸。

　　"看什么？"

　　"明知故问。"

　　"那也不能在路边这样瞅啊，回家慢慢看呗。"

　　稀子说完，用手碰了一下晴子的肩头，两人随即转身往稀子家的方向走去。两人就这样肩并肩地走着，走了不到10步，稀子的右手触碰到了晴子的左手，然后两人近乎心照不宣地十指紧扣继续前行。此刻夕阳西下，金色的余晖把男孩和女孩的身影拉得修长。如果用相机从他们背后拍摄，那一定是一道靓丽无比的风景线。

牵着晴子的手，稀子缓缓地说："回来的路上幻想过好多次和你重逢的景象。"

"现实跟想象中的情景一样吗?"晴子笑着问他。

"有点儿不一样，没想到咱俩连一个拥抱都没有。"稀子说完觉得自己这么说多少有些矫情了，又半开玩笑地说："哈哈，感觉挺平淡的。"

"扑哧"晴子听完稀子如此"怨念满满"的话笑出了声来，也半开玩笑地说："我还在等你先张开双臂呢，没想到你连看都不让人家看。"

"哎呀，我这不是觉得在大街上，好多人看着呢嘛。"

"平淡点儿有啥不好的，平淡才是真正的幸福。"

"你说的也对。"

"那种一惊一乍的事情我真受不了了，我只要你健健康康，平平安安，不要再给我惊吓了，就这样好好的多好啊!"晴子望向身边的稀子，认真地说。

"那我的拥抱呢?"

"一会儿回家给你……"

麦爸、麦妈尽管嘴上什么也没说，但实际上早已默许了晴子和稀子的关系。他们也觉得这个时候的稀子需要这份爱作为前进的动力，也非常感谢晴子在稀子生病期间为他所做的一切。

两人到家后，稀子的父母热情款待晴子。"晴子，到这儿就像在自己家一样，想吃什么让稀子给你拿"，麦爸说道。

"谢谢叔叔、阿姨。"

虽然一年来因为稀子生病，晴子一直与稀子的家人保持联络，但初次来稀子家，晴子还是有些拘谨。

"稀子，你带晴子到你房间看看吧，晚饭好了叫你们。"麦妈说道，她明白很久没见面的两个人，此时需要独处的空间。

两人在房间里一个躺着一个坐着，你一言我一语，好像有说不完的话。他们终于可以把这一年以来所有想说的话统统讲给对方听了。这次，他们不用在意时间，也不用忍受相思之苦，心仪之人就在身旁，聊不尽的话题让这个房间洋溢着浓浓爱意。

躺在床上的稀子跟晴子讲了这一年多的境遇，很多细节是电话里不曾谈到的。当初他不想让晴子因为他的病情而担心，现在他都一一说明；还有近期刚做完的眼肌手术，也告诉了晴子，并把自己目前还没有完全恢复的部分指给晴子看。

晴子托着腮，就这么聚精会神地听着，她时不时用手捂住嘴表示惊讶，也随着稀子的叙事节奏发出一声声感叹。此时此刻，稀子对晴子是完全信任的，他对她不会有任何隐瞒，也不想有任何隐瞒。

"有一件事我想跟你说。"

"嗯，什么事？"

"我可能暂时不能打篮球了。"

这是稀子一年以来一直避而不谈的事，现在他选择向她坦白。

她摇摇头，没说什么。

"甚至以后很长一段时间都不能打篮球了。你……不介意吗?"稀子特意看了一眼晴子的脸，留意她的表情。

"这都不重要，只要你能平安回来就好了。"晴子的回答依旧和之前电话里讲过的一样。

这天的稀子无比幸福，应该是他与病魔抗争以来最幸福的一天。他与最爱的她重逢，对方表明"我心依旧"，两人始终手拉手、肩靠肩。这一年多的变故就像一场梦，现在似乎又回到了之前快乐幸福的时光。

调整几日后，稀子怀着迫切期待的心情回校申请复课。他看着一本本晴子为自己做的课堂笔记及重点知识点集合，内心十分感动。此刻他太想回到过去的班集体，回到那种让人永难忘怀的学校生活氛围里去了。只不过世间事又怎可能件件如意呢?

由于落下一年多的课程，学校和稀子的父母都觉得现在稀子的状态不可能在短时间内赶上学习进度，他也不适宜再承受重压。所以商讨之后建议让稀子复读一年，也就是跟着低一年级，从高一下学期分到政治班起重新学习，这样在时间安排上似乎确实更合适，进度也回归正常，稀子无须背负过重的学习压力。

原来的同学，眼下竟然变成了师兄师姐？这让稀子一下子怎么受得了，但家人和学校领导的决定又不能违背，关键大家还都是为了自己好。他只能先来到自己原属的那个班，跟大家问个好又道个别，重新来到这个既熟悉又陌生的高一报到。

"不怕啦，反正都在一个学校，只是不同楼层罢了，别担心，我们下课去找你。谁敢欺负你，我一定第一个替你出头！"饱龙安慰道。

很多老同学、旧朋友看到稀子平安归来，都上前问候，得知其成了"师弟"，也没人笑话，近乎用相同的鼓励话语，给予其自信。稀子回到深希中学的第一面，大家还是看出了稀子外形的细微不同，心照不宣般都选择避而不谈过往，并送去祝福和鼓励。

在这其中，只有晴子沉默不语，她安安静静地坐在自己的座位上看着稀子和同学们一一问候、道别。此时此刻她的心里五味杂陈，已经分别一年多，好不容易的重逢竟然不能同班。稀子回来之前，她也担心过稀子的学业，因此每天都用心地帮稀子记录老师所讲的重点，可没想到……

她静静地看着走向楼下高一年级的稀子，眼神中流露出难以掩饰的失落与不舍。晴子希望稀子好，她明白这对他来说是最合适的安排，但显然这并非她想象中的结果，也并非她之前满心期待的状况。

晴子是个懂事的女孩，但她也是家人精心呵护下的掌上明珠，有一颗公主心。在这个年龄段，她所期盼的爱情，是朝夕相处，是抬头就能看到他在身边……可复读这事儿，对晴子来说确实是很不情愿的事。

要知道，这里还有一段故事，晴子没有告诉任何人，连稀子都不知道——当初分班的时候，晴子的政治成绩并没有特别突出，即便未来可能主攻小语种，但对专业而言，家里人更倾向于她选择理科。可是，晴子知道在班上是政治课代表的稀子一定会选择去文科班。为了能和稀子朝夕相处，晴子坚持选择读文科班，甚至用了浑身解数才做通父母的思想工作，还跟父母立了"军令状"，保证用成绩证明自己的选择。结果照目前的成绩排名来看，在政治班上，不仅排名从原来的中上游，掉至中下游，最希望达成的两人共同学习、并肩奋斗的愿景也落空了，她的心情怎么可能好啊！

稀子似乎看出了晴子的坏心情，他又何尝不希望跟晴子朝夕相处、共同进步呢？但这个阶段的他每天的日程都安排得满满当当。一方面，在学业上，虽然重新回到高一，但不进则退，稀子是个要强的人，他想比以前学得更好，这样才算学有所成；另一方面，即使回到学校他依旧要坚持复健，一放学就得跑好几家医院做康复治疗，所以两个人有时候一天只有课间操的时间才能在一起说说话，其他时间出于各种原因，都待在各自的班级里，零互动。

稀子回到学校后，最不愿谈及的话题就是篮球，每次必然避开走的，必定是通往体育馆的那条路。尽管他与队友、教练都打过招呼，但一次也没有再踏进球场与大家见面。大家都能理解稀子的心情，长时间甚至可能永远不能再打篮球，对于这个曾经在篮球场上叱咤风云的追风少年而言，真是莫大的打击！

虽然能再活一次真的很幸运，但老天无情剥夺了他在篮球场上的机会，这也足够让人伤心不已。稀子不谈篮球，晴子也再没去过体育馆看篮球训练及比赛，即便这一切并非她的初衷，但似乎迫于什么原因，她也很难劝得动稀子，有时候只是静静地陪着他，一声不吭。

这样的学习生活持续了几个月。稀子平时的学习、康复训练周而复始。晴子除了正常的上课，周末也开始为小语种专业的高考做针对性补习，家人倾向于让她学习法语，未来在掌握两门外语的基础上，再学一个利于就业的专业。这回她倒是很爽快地同意了父母的意见，没闹一点儿别扭。

两人不在一个年级，学习的内容自然也不相同，即便一起学习，也很难像过往一样探讨同一道题目了，但为了有更多相处的时间，还是一有机会就同去自习。

"小语种我决定选法语。"晴子把自己的决定告诉了稀子。

"是因为你喜欢吗？"他听出了她语气中的平淡，似乎在说一个跟自己关系不大的事儿。

"先学学看呗，我自己也不知道喜不喜欢，这是家里的建议。"晴子自己似乎也没有答案。

两人在一张桌子上埋头于各自的作业，有的时候稀子做完一道题后会抬头看晴子，每当这时他会发现她正望着前方发呆。

"怎么了，想什么呢，这么入神。"稀子问她。

晴子摇摇头，傻笑一通予以回应。

因为没有了篮球场的共处时光，也没有了一同逛街看电影的空闲，两人有时候能够在一起吃一顿饭也得对好几次时间才能凑得上。慢慢地，日复一日，晴子和稀子虽然仍然坚定地走在一起，但很明显，两人亲密无间的程度已大不如前了，共同的话题也少了很多。

之前住院的时候美璇曾跟稀子说过，恋爱一般有好几个阶段，过了热恋期后进入稳定期，似乎很正常。不过这或许是对一般人而言，与大多数人的恋爱经历相比，稀子和晴子的恋情经历还是有很大的不同。说实话，两人真正在一起的日子并没有很久，中间又经历了长时间的分离，能够坚持多久，还真不是一两句承诺就能够说清楚的。

晴子心里到底是怎么想的？她究竟有没有对稀子感到失望？这些问题虽然嘴上不问，但一直萦绕在稀子心上，虽然他们经历了如此与众不同的恋爱，也对对方有了较深的感情，但稀子几经努力回归校园后的时光并没有想象中的完满。眼瞅着两人的情感逐步降温，随着时间的推移趋于平淡，这到底是什么原因造成的？在那样的学业压力下，第三者的念头基本可以打消，难道只是因为压力大吗？还是她家里在知晓情况后，出现了反对的声音？

后来，直到十几年后的麦特稀回想起这段青春过往时，也总在思考这个问题，心里依旧久久不能平复。

其实麦特稀心中还是有一个答案的，只不过总是自我欺骗、不想承认。晴子从刚开始喜欢稀子，是因为篮球，是因为他的阳光，是因为他在运动场上散发的积极上进的气息，但这一切在经历变故后已慢慢变淡！

像公主一样的小女生，又怎么可能不需要男朋友的呵护和关爱呢？晴子不任性，也不娇气，但她在这个年纪向往的爱情，男主角当然应该具备这些条件，但现在呢？总往医院跑的稀子，又如何能够照顾周全？

所有的共同语言，都是建立在这一切之上，现在这一切已经松动了、动摇了。或许晴子在午夜梦回时，会觉得眼前这个稀子已不是当初自己喜欢的那个稀子了，自己究竟还喜欢他什么呢？再有，她和稀子的事几乎全校皆知，在这个节骨眼儿，如果自己对一个病人做出点什么出格的事，舆论的压力绝对也不好受啊！

稀子和晴子仍是外人眼中甜蜜的一对，他们的爱的确仍在前行。不过同样不可否认的是，经过时间的推移，他们的感情出现了裂痕，而且这条裂痕还有越来越大、越来越深的迹象。

这一切，似乎早已被麦妈看在眼里，但在这个时候，麦妈选择顺其自然，不予干涉。毕竟是孩子们自己的选择，她也不想让太多的外在因素影响稀子的康复，身体健康是他一辈子的事情。

# 分手：意料之外，情理之中

　　时光飞逝，在学校的日子过得飞快，特别像稀子现在这种康复＋学习的模式一旦开启，每天都跟赶场一样，要做的项目一个接着一个，根本停不下来。稀子的个性要强，如今不能在球场上驰骋了，自己心里那股子争强好胜的劲儿只能用在学习和康复上。怎么也不能输给年龄比自己小的同班同学，怎么也要趁年轻有精力尽快恢复到完全正常的状态……

　　一晃就高二了，稀子已经和新班级的同学打成一片，一岁的年龄差自然不是问题。尽管还是非常怀念老同学们，但毕竟他们上了高三，到了足以决定人生走向的关键节点，想到这个，觉得还是尽量少打扰为妙。

　　饱龙已提前结束学业进了省游泳队，能够继续晋升，进军国家队并参加亚运会，甚至奥运会，成为好兄弟的最大目标；饱原仍在高三理科班，但他的心思早已飞到遥远的墨尔本，还有几周便要动身出国，他做着最后的各项准备，无心这里的各种复习。有时候，稀子会来找饱原简单聊几句，去他班上时一眼就能找到他的位置——书桌上空空如也，与其他同学堆积如山的书桌形成鲜明的对比。

不过最让稀子挂念的，自然还是晴子。到了这个阶段，已不像过去一年那般，每天都是晴子主动走到高一去找稀子。这一年大家调换了顺序，稀子会提前走到高三年级等晴子，然后就在长长的走廊里漫步、交谈。两人每天在走廊交流的时光，或许也是晴子一天最放松的时刻。虽说选择小语种这条路，与正常的高考不一样，会提前进行，但晴子的志向是中国人民大学，这可不是一件容易的事，稀子能够感受到她身上的压力很大，很大。

这天放学后，稀子早早地回了家，因为晴子有些意外地询问麦妈今晚是否在家，并说有事情想要去他家坐一下。晚间，真的很意外，晴子是和她妈妈一起过来的。稀子原本不知情，想走出来迎接她，但发现还有晴子妈妈时，腿脚仿佛一下子迈不动了，他选择了待在房间里看电视，没有走出客厅。

是害怕吗？还是害羞？担忧？紧张？毕竟之前一直都是晴子见自己的家人，自己还从未见过晴子的家人。他不知道晴子有没有将他们的关系告诉家里，也不知道应该以怎样的身份向晴子的妈妈介绍自己。

麦妈来到客厅接待客人。原来晴子和她妈妈来访，是想向麦妈讨教一下法语相关的学习技巧，同时咨询一下到法国留学的经验。毕竟麦妈曾留学法国5年，还获得了法国经济学博士学位，她对于在法国学习和生活的方方面面有着相当丰富的经验。晴子未来要学习法语，肯定也想用适宜的方式到法国学习，身边没有这方面的过来人，听说稀子的妈妈有这样的经历，而且稀子和晴子两人关系不错，晴子妈妈便领着晴子赶紧过来讨教。

稀子躲在房间里，心里七上八下的，他也不知道自己在紧张什么，明明是在自己家里，却一直惴惴不安，开着的电视也完全看不进去，模糊听到客厅里传来的谈话内容，纠结到底要不要出去打招呼。稀子一方面觉得自己如果出去似乎搭不上话，另一方面担心的是自己给晴子妈妈的第一印象会不好。

正在他不停纠结的时候，只听见轻轻地敲门声，晴子走了进来，说道："怎么不出来？在看什么呢？"

"我……"稀子一时不知如何回答，拉着晴子的手拥入怀中，回了一句"正准备出去呢！"

差不多一个小时，几乎都是晴子妈妈和稀子妈妈两人在交流，一开始肯定与法国、法语有关，至于后来还谈了些什么，无从得知了，反正麦妈后来也没有说。

此时的晴子和稀子则在房间里说起了悄悄话。

"这次我妈妈带我到你家来拜访，就是想向阿姨请教法国留学的事儿。"

"怪不得下课那会儿你问我妈在不在家。"

"我妈来了，你连门都不敢出了，哈哈！"

"什么呀，我刚想出去你就进来了，这不正好，她们聊她们的，我们聊我们的。"尽管稀子没有承认，但是他的确害怕见到晴子的妈妈。

"想好了？真的打算以后去法国？"稀子打算避开上一个让他尴尬的话题。

"我爸妈是这样打算的，希望我能出国深造。小语种考试与高考不同，我不需要参加普通高考，而是提前几个月进行小语种专门的考试。"

"打算考人大？"

"嗯，计划是在人大读完两年后，大三、大四年级能以交换生的形式到法国深造两年，回国后读研再学习一门技能型专业，然后结合语言优势步入社会找工作。"

"你想得真远啊，我从来没有想过那么多年后的事情，不过挺好的，感觉很适合你。"

"其实原本我也没想，是我爸妈深思熟虑后提出来的，然后想尽办法让我同意，反正暂时没有拒绝的理由啊，只能听他们的。我妈妈来找你妈妈聊，估计也会问她的意见。"

"知道你的志向是人大后，我也决定要去北京读大学。"

"真的?! 你也想到北京读大学？"对于稀子的决定，晴子既惊讶又欣喜。

"目前还没有目标，不知道自己的身体能否顶得住高考的压力，感觉还有很多变数。但即便不是一个学校也不在同一个年级，我还是希望能和你在同一个城市，这样可以经常见面。"

"太好了，我也是这么想的，那一年多分开见不到的日子真的太难受了……到了大学，我们就会有更多自由时间见面啦！"

时间过得真快，随着门外一声"晴子，咱们要走了"的声音，两人的对话不得不结束。稀子走到房间门口，亲了一下晴子的额头，轻声说："亲爱的，我还要继续完成政治考卷，刚才只做了一半，明天见面再说。"

稀子还是有些胆怯，终究没有走出来面对晴子的妈妈。当时的他依然最担心自己的状态会给晴子的妈妈留下不好的第一印象，却不曾想到这样明明在而故意不相见的接待形式，恐怕会给别人留下更不好的印象……这是多年之后，麦特稀回忆往事想到这段情景时做出的判断。他笑自己当年的幼稚与无知，肯定已经给晴子的妈妈留下了非常糟糕的印象。

晴子的学习成绩向来不错，只要正常发挥，比高考形式要简单、难度更低一些的小语种考试，怎么可能难得到她？一切都顺理成章，晴子发挥得不错，中国人民大学的录取书志在必得！

晴子在拿到录取通知书的那一刻，正值暑假。稀子刚做完针灸治疗起身准备离开治疗室的时候，晴子报喜的电话打来了！

"我被人大录取了！我要去北京读书啦！"

"恭喜！梦想成真！"

听着手机那头高亢而又兴奋的语调，稀子真心为她高兴，晴子终于熬过了高中三年的艰苦时光，迎来了自己新的篇章。隔着电话，稀子依旧能清晰地感受到晴子的喜悦，感觉已经很久没听到她如此爽朗的笑声了。但这也预示着两人的分别——过完暑假，晴子即将去北京读书，而自己也将迎接高三的洗礼，这注定两人又不能朝夕相处了，天天见面的日子又要告一段落了。而且紧接着面对两人分别身处大学与高中这具有天壤之别的一年，实在有太多的未知因素，稀子都不敢往下想了。

为了把握住晴子离开广州奔赴北京的最后一段能够相处的时间，稀子打破了自己原本的计划，继而变成和晴子一起吃饭、一起逛街、一起看电影、一起散步……似乎目前能做的也就只有这些了，他不知道这样够不够，也不知道她想要的感觉自己能否给予。不管未来怎样，总之他想把握好这段时间，在两人即将面临又一次分隔两地一段日子之际，把最好的都给她。

由于是第二天清晨的航班，稀子当天上午还有一系列康复治疗要做，所以他无法送晴子到机场。前一天晚饭后，两人手牵手散步到晴子家楼下，做了最后的道别。

稀子虽然是外向性格，但要在自己喜欢的人面前表露爱意或依依不舍的眷恋之情，他并不擅长，甚至可以说有些笨拙。此刻他一下子语塞，即便之前想过要说些感人肺腑之言，可临到眼前了又一句话都说不出来了。

既然不知说什么，那就按想好的去做！稀子心想，然后把自己戴在脖子上的护身符取了下来。

"知道你明天就要走了，之前我想了很久，不知送什么礼物给你才有意义。这是我之前在北京雍和宫请的护身符，我们都属虎，按照佛教的说法是受虚空藏菩萨庇佑的，现在我将它送给你，希望你平安、顺利。你戴着它，就像我一直在你身边一样……"

晴子没说什么，稀子为晴子戴上护身符后，晴子的身子顺势贴了过去，两人紧紧拥抱，细细耳语。"稀子，谢谢你，和你在一起的日子真的很开心。我们一路走来虽然遇到很多不顺利，但高中生活因为有你，让我彻底开朗、开心了起来，不管未来在何地，我都会一直想你。"

"我也是，你一定要好好的。"稀子把晴子抱得更紧了。

拥抱了许久，在这种离别的充满爱的氛围下，稀子顺势捧起晴子的脸，深深吻了下去，晴子踮起脚尖，享受这一刻无尽的美好……

"如果想我，就打电话给我，什么时候都可以！在接下来见不到你的这段日子里，我们都努力，我努力学习、康复，你努力适应大学新生活，期待北京再见，我们都要加油哦！"

"一定要努力，明年来找我。我在北京等你。"

"一言为定！"

依依不舍之后，稀子打车回家，没想到还在路上，就接到了晴子的电话。

"我想你了！你不是说想你就打给你吗？我现在就想你了……"

"我也是，晚上早点休息，明天早上还要赶飞机呢。"

"嗯，知道啦，你也早点睡，明天落地我就给你打电话！"

"好。"

此刻，稀子的内心是幸福的，也是满足的。虽然他已经意识到自己与晴子之间的爱出现了不可避免的"裂痕"，但爱仍处在续航的状态，起码在此时此刻，两人还是心心相印的，更是彼此的寄托。未来会发生什么，谁也不知道，毕竟大学和高中的环境完全不一样，两人的"裂痕"是否会加剧，现在谁也说不好，想太多其实也没有意义，还是努力维系吧。此刻的稀子认为只要自己足够坚定，再时不时给晴子创造一些浪漫的惊喜，给予她一些她想要的感觉，或许爱就不会降温！

晴子到中国人民大学报到后，随即开启了一年一度的新生军训，挥别了高中堆积成山的习题试卷，涌入全新的多姿多彩的大学世界，结识了来自四面八方的有趣的同龄人，顿时感觉整个世界都不一样了！

像她这样相貌出众、活泼可爱的女孩儿，融入新圈子只需要很短的时间，而且也会在不经意间吸引很多优秀的男生的目光。刚到学校没多久，有一个北京大男孩儿便走进了她的生活。

这个男孩儿叫江波，身高一米八八，国际关系学院二年级学生，人大篮球校队的前锋，主力队员。在新生军训的时候，晴子和江波在运动场上不期而遇。

那天，晴子和她的几个小伙伴在运动场的台阶上坐着休息。这时一个男生从篮球场方向朝她们走来，手里还拿着几瓶饮料，他走到她们面前把饮料塞在了她们的手上。

"嘿，你们是新生吧？来，喝点儿水，这么大热的天，不及时补充水分，可能会中暑哦。"

女生们还没反应过来这到底是怎么一回事儿，就听眼前的男孩开口继续说道："我叫江波，是国际关系学院大二的学生，应该算是你们的师哥哈。"

这个男生一副自来熟的样子，操着一口地地道道的北京腔。他有着小麦般健康的肤色，五官组合起来是那样的俊朗，帅气中又带着一抹温柔，给人一种很阳光的感觉。

"这是北京的酸梅汤哦，可是北京有名的饮品。到北京一定要尝尝酸梅汤的味道啊，解渴又解暑。"

说完，他扭开装着酸梅汤瓶子的盖子递到晴子的手边，继续道："你们都是外地来的吧，北京的特色小吃可多了，和北京的旅游资源一样丰富，一个月不换样儿都吃不完、逛不完!"

晴子有些不知所措。虽然她并不认识眼前的这位"自来熟师哥"，但出于礼貌，她还是接过江波递给她的酸梅汤，随即说了一声"谢谢"。

正当他还想滔滔不绝的时候，突然操场上响起了一阵哨子声，他立刻打住说："哟!我们要去训练了，先不跟你们说了啊，明儿见。"

"自来熟师哥"向大家摆摆手，又冲晴子笑了笑，转过身朝篮球场跑去。

晴子和她的小伙伴们看着这个矫健的背影，不禁议论起来："他可真热情，就是显得有些轻浮。其他男生不知道是不是都这样，还真是能说会道呢。"一个女同学说。

"你看，他只给晴子拧开瓶盖儿，是不是看上晴子了?"坐在晴子旁边的另外一个女生说。

晴子听着小伙伴们七嘴八舌的议论摇了摇头，自己一言不发，只是默默地注视着那个矫健的背影。顺着他跑去的方向，看到他们开始训练了，"原来，他和稀子一样是篮球队的"，晴子暗想。

在接下来几周的新生军训，"自来熟师哥"会不时来访，而且每次都不会空手。每当晴子她们休息的时候，江波都会来找她们聊天，今天送她们驴打滚儿，明天送她们豌豆黄儿，后天送她们山楂糕……都是独立包装的小点心，绝对不重样儿，还真应了他那句话"一个月不换样儿都吃不完、逛不完！"

江波不仅送吃的，还给她们每人准备了一包纸巾，不忘嘱咐他们："吃完了用纸巾擦擦手，别让军训的教官看见哦。"

这个自来熟的北京大男孩儿还有细心的一面，他立刻获得了好几个女生的好感。其中一个女生说："这样的暖男现在还真少见。"也有女生说："这个男孩儿真细心，送了小零食还会想着送纸巾。"

久而久之，江波成功打入了她们组织内部，和她们都交换了手机号。当然，他只给晴子发了信息。

"你好，我是江波，国际关系学院大二学生，你们军训的那天我们篮球队正在训练，我第一眼就注意到你了，希望能和你交个朋友，可以吗？"

"你好，我叫晴子。"

在送完各种小吃之后，江波开始通过短信、QQ向晴子发起猛烈"进攻"，热情地表达了自己对晴子的爱慕之情。各种各样的美食和温柔的话语对当时的晴子而言，还是具有一定杀伤力的。或许她一开始也没意识到，随着江波的出现，她和稀子爱情的长城在她的心中便开始一点一点地坍塌。即便晴子开始就和江波说自己有男朋友，而且明年他就会过来与自己会合，没想到对方置若罔闻，依然表达了要强烈追求的愿望……

原来说好的保证每天和稀子有一通电话的承诺，慢慢地被抛到九霄云外。军训不允许用手机是一个很好的借口，但事实上并非如此，层出不穷的活动以及五花八门的邀约让晴子应接不暇，而当时的她似乎很享受这样的感觉。

稀子有很多天打电话给她都是无人接听的状态。比起大学第一年的新鲜感，深希中学高三每日的枯燥安排，确实很难让人提起精神。能和晴子说说话，已成为他调整情绪、振奋精神的唯一途径了。

偶尔拨通的电话，那边总有嘈杂的声音，晴子也给人一种处于特别兴奋状态的感觉，她述说着开学以来自己遇到的人和事，还有参加的各种社团活动，确实让电话这边的稀子好生羡慕。直到那天，晴子在和稀子通话时，那句话俏皮地脱口而出。"稀子，你知道吗？从军训开始，有好几个男生都说要追求我。不过你放心，我是绝对不会动心的，我和他们都说我有男朋友了，他明年就过来北京……"

稀子嘴上说不在意，心里却一咯噔，即便晴子说不会变心，但危机感还是油然而生，试问有哪个男生可以承受自己心爱的女生天天被别人追求而自己却不能在身边呢？这种滋味真的不好受！

稀子感到那条裂痕越变越大、越来越深，他们的通话基本都在十来分钟就结束了。晴子总用下一个行程安排作为借口，有时候也会出现短暂的停顿状态，双方似乎已无话可聊了。

一个月的军训生活转瞬即逝。那天晚上八点多，晴子和她的同学们在宿舍休息，军训让大家都感到非常的疲惫，都想早点儿洗个澡，好好睡一觉。

这时，突然听到女生宿舍的前院闹哄哄的，晴子和舍友走向二楼的阳台往下一望，简直都被眼前的一幕惊呆了。一个男生正在地上一支一支地点燃着心形蜡烛，火光照着男生青春的笑脸。蜡烛很快就全部被点燃了，点完所有蜡烛之后，这个男生拿起一个吉他，自弹自唱起来，唱的是时下最流行的歌曲《情非得已》。

好听的男中音，伴随着吉他的悦耳旋律在空中飘扬，浪漫的气氛立刻感染了整栋女生宿舍。晴子和她的舍友们都认出烛光下那个弹吉他的男生不是别人，正是江波，于是舍友们赶紧把晴子拉下了楼。

江波唱完歌后，轻轻地把吉他递给了身边的同学，捧起了一束花，走到晴子面前，直接把花递给晴子说："这99朵玫瑰就代表我的心，请接受我的祝福与爱。晴子，从第一眼见到你，我就喜欢上你了，请你做我女朋友，好吗？"

霎时寂静无声。短暂的静默后，响起了一片掌声，江波和晴子身后的同学都拍手起哄："答应他！答应他！"

这就是当下大家爱说的名副其实的大型"社死现场"？或者是情感讨论节目里常提及的"道德绑架"？

不得而知，总之当年并没有这样的说法，而且晴子当下似乎被这个场面深深感动了！可以说这是她人生第一次碰到如偶像剧里情节般浪漫的场面，蜡烛、歌声和鲜花，以及男生如此直接的表白……

哪个女生不会被这样的场面深深感动呢？所以就在军训结束后的一天，也是离开广州去北京的第 31 天，晴子拨通了稀子的电话。

那通分手电话是在一天傍晚时分打来的，想来是晴子到北京后第一次主动打电话，当时稀子刚做完当天的康复治疗项目回到家里。

接听后，一个略带哭腔的声音传来，稀子听到吓了一跳，连忙问："怎么了？怎么了？"

"稀子，我们分手吧。"

谁曾想到接下来会听到这样的回复……

这个世界就是如此，想象总是美好的，但现实总是残酷的，还经常会用淋漓尽致的体验给人们上一课！

"稀子，真的对不起，这些天我真的扛不住了，他的出现、他的表达、他对我所做的一切，让我真的陷进去了，无法自拔，我觉得自己很难冷静下来，我想了很久，我觉得我不想欺骗自己，更不想欺骗你，我感觉这才是我现在想要的生活状态，对不起，我们分手吧……"

当稀子仍有些恍惚、懵圈，或者说有些不可置信，眼圈有些泛起泪光地放下对方早已挂线的那通电话时，他眼睛忽然扫到桌子旁的台历——天啊！距离在晴子家楼下的道别只过去了

31 天……千真万确,才隔了 31 天!即便有过这种不好的预感,但怎么可以那么突然?怎么可以这么快?这通分手电话来得猝不及防。

直到十几年后,麦特稀在看一些青春文艺类小说、电影中的分手桥段时,还会不自觉地想起那通晴子打来的分手电话,至于具体的内容他不能说每字每句都记忆犹新,但大体想要表达的内容,印象还是十分深刻的。

一切来得那么突然,而且在那通电话后,晴子便失联了,很长一段时间他俩之间也都没有了联系。

稀子后来度过了一段艰难的时光,如何释怀这段刻骨铭心的初恋,他俨然没有经验,也只能用时间慢慢冲淡……真的一点预兆也没有吗?并非如此!晴子向稀子提出分手后,他把这段经历告诉了麦妈。在和麦妈谈心的过程中,稀子被母亲一句"意料之外,情理之中"点醒,实际上在大人们的眼里,这个结局是早就预料到的,而且两人目前各自的状态,确实也很难继续走下去。所以可以认为这是突如其来的打击,但实际上任何事物都有一个发展的过程,从量变到质变,事实上早有征兆,只不过是迟一些与早一些的区别。

31 天在正常状态下平等的热恋,又是 31 天别离后选择分手,麦特稀经历的两个"31 天",都让他永生铭记!

或许还是那句话,他十分确信:对于晴子而言,她或许有

很多段刻骨铭心的情感经历，稀子这段发生在较早的时间段，
而且有与常人不同的地方，她会记得，但只能占据总分量的其
中一部分；但对麦特稀而言，与晴子的 31 天是一生中唯一的
一次，未来也不会再遇到，所以那种刻骨铭心，自然属于
全部。

# "伟"岸

这段刻骨铭心的初恋，注定给稀子带来深远的影响。但生活还要继续，特别像他这样有特殊经历的人，既然获得了"第二次生命"的机会，有希望，有未来，有前景，又怎能一直消极下去呢？

进入高三，稀子已经调整好状态，全力备战高考。家人在学业上没有给他任何压力，对于想考的大学，想读的专业，麦爸、麦妈两人统一"战线"：选择他自己喜欢的就好。经过深思熟虑后，稀子对自己的未来规划进行了调整，最终他决定报考广州当地一所重点大学的新闻传媒专业，迎合当下正蓬勃发展的移动互联网时代。

功夫不负有心人，尽管不会再有初中升高中时体育特长的加分，但深希中学作为全省排名第一的重点高中还是靠谱的。稀子顺利通过分数线，成功投档，小伙子已有新的目标：成为一名优秀的传媒人。

在广州上大学的稀子，身体依旧要继续进行康复治疗。尽管同别的同学一样住校，但要经常外出，不会总在宿舍待着，因此多多少少没有了和大学同学更多的近距离相处机会，也没有参与大学丰富多彩的社团活动。稀子与班上同学相比，总感觉有一些格格不入，大学生活自然也没有常人那般多姿多彩。

虽然很无奈，可谁让他的经历如此特殊呢？不过为了以后更好的生活，稀子只能硬着头皮放弃一些东西，毕竟有舍才有得。或许也正因如此，在过了那么多年后，让麦特稀最留恋的青春时光依然是高中，而非大学。后者相对暗淡无光，且确实和节奏紧张但能与大家打成一片的高中时光无法比……

稀子的大学生活虽然不如常人精彩，但也不是毫无收获，毕竟这是刚刚开启的新世界，而且他始终积极面对，并没有虚度人生。其中就有一个人让稀子记忆犹新，而且这个人的出现，也深深地影响了稀子，甚至帮助他更好地回归社会。他就是稀子的室友阿伟——一个从出生便开始经历与众不同人生的强者！

那时稀子刚刚进入大学，来到宿舍后，看到同屋室友已经坐在床上，便主动上前向对方打招呼问好，对方也礼节性回应。过了一会儿到饭点了，室友阿伟起身拿着饭盒准备去打饭的时候，稀子才看出端倪来。原来这个室友有着非常严重的小儿麻痹症，一只腿长一只腿短，而且较短的那只非常细，明显不是正常人的腿应有的粗壮程度。此外，他坐着的时候喜欢翘起二郎腿，看上去一切都正常，但走起路来就非常明显，是一跛一跛的，身体也晃得厉害。

稀子是个自尊心很强的人，毕竟是体育特长生出身，争强好胜惯了，最担心别人瞧不起自己。当他发现同屋室友的不寻常后，心里开始有一点不是滋味。

阿伟学的是心理学专业，与稀子在学业上没什么交集，两人尽管在同一屋檐下，但一直没有过多的交流。只不过在闲暇之时，稀子总是看到不断有人过来和阿伟聊天，甚至有三四个人是他们宿舍的常客，隔三岔五就过来和阿伟促膝长谈，一聊就聊到深夜。

他们的出现倒是没有影响稀子的正常作息，只是让总一个人待着的稀子好生羡慕，特别是当欢声笑语传来时，这种由衷的羡慕就会变得更加强烈。

稀子一直是外向的人，并不排斥交朋友，关键是要志同道合。不过，此时的他又不敢贸然地主动迎上去加入他们的谈话，经常是戴着耳机，一边听歌一边傻傻地看着。他是真没想到这位同样拥有特殊经历的室友，竟然能交到那么多朋友，而且刚开学没过多久就与大家迅速打成一片。这让稀子对阿伟产生了强烈的好奇，在闲暇时，稀子发现阿伟正在读毕淑敏的《女心理师》这本书。

出于好奇，稀子了解了阿伟的具体情况。他是广东人，出生在农村，家庭条件一般，两岁时得了小儿麻痹症。在阿伟年纪尚小的时候，做过手术，做过针灸、按摩，近乎尝试了所有的治疗方法，腿部的问题终究未能得到缓解。由于治疗不及时，最终落下了终身残疾。

上帝给你关上一道门时，会给你打开一扇窗。阿伟可以走路，就是一高一低总在晃，速度比不上正常人，不能跑步；他有一张帅气的脸，留着一头干净利落的短发，眼睛深邃有神，鼻梁高挺，嘴唇削薄，模样十分清秀。阿伟的语言表达能力也很强，讲话条理清晰，善于与人交际，想必这些都是让阿伟如此受欢迎，成为大家关注焦点的原因吧。

当时的稀子经历变故不久，还未完全康复，加之自己以往的篮球特长无法延续，自卑心理必然是存在的。他并不能说排斥，但坚决不想因为自己的特殊经历而成为大家关注的焦点。

稀子有时候非常敏感，但通过在同一寝室的观察，他逐步发现阿伟可真是没太在意他自己不方便的问题，平时与大家的交流和相处都非常自然，不仅乐于接受别人的帮助，也能尽其所能帮助他人。特别是在开导人方面，阿伟显然有过人之处，或许这也是其学习心理学的原因吧。

有好几次，稀子目睹阿伟的朋友情绪沮丧，愁眉苦脸地走进宿舍找阿伟倾诉，在聊了三四十分钟后他们的情绪就能呈现出一百八十度的大反转：有的很平静地离开，已然了去了心结，有的甚至手舞足蹈笑着走出宿舍，跟进门时的垂头丧气完全判若两人！这种变化着实让人非常惊讶。

　　或许阿伟就是有这样的魔力，让他身边总能聚集一帮可以交心的朋友，他也真诚地对待每一个人。特别是在那一次特殊的经历后，他是真的开始对这位室友感到由衷的钦佩。

　　"为情所困""为情自杀"的情况现在似乎越来越少了，大家都愈发想得开，这个地球没有谁都照样转！但在当时还真有不少人为情为爱寻短见。这里的情，不仅包含爱情，也有友情。

　　这天下午，不少人聚集在主教学楼前，大家纷纷抬头望去……稀子闻声也跟着过来了，原来是一名刚失恋的女生坐在楼顶的围栏边，有随时要跳楼的危险。

　　此时，稀子看到学校老师专程找来了阿伟，他一瘸一拐地快步走进教学楼来到楼顶，与公安人员一起对女生进行着某种"干预"。

　　"我想跳楼！我想自杀！你们不要过来！"女孩喊道。

　　"你好，我是心理学专业的阿伟，也是咱学校的人，请相信我有足够专业的能力帮到你，请问是出于什么原因让你想这样做呢？"

　　"我不想说……"

　　"那为什么会选择在今天呢？有什么特殊吗？"

　　"我跟他吵架了，但说来话长。"

　　"没关系，我想听！"

　　阿伟继续说："看你的样子应该20岁左右吧，我有时也会遇到你这种无助的情况，常想有一个人愿意听我倾诉那该多好啊，现在你可以跟我说说，也许这样你会好受很多，你说呢？"

"你有时间吗？"女孩突然问。

"我有充足的时间！不过在此之前，你需要走到一个安全的地方，这样我们才可以好好聊天，你说行吗？"

二十多分钟过去了，其间，女生不断回头望向阿伟，似乎意念有些动摇。此时，只见一名公安人员从侧面突击，趁女生不备一把抱住，并将其抱了下来。

一场虚惊，女孩跳楼的事在当时引发了社会的热议，好在一切完满解决。

"他为什么一直都不相信我？我想跳下去，证明给他看我是对的！"女生被转移到安全的地方后，继续跟阿伟诉说。

"我非常明白你现在的心情，因为他的不信任，所以你觉得你不被理解、不被尊重，对吗？"阿伟继续说："这样好不好，咱们玩个游戏，我们给你的自杀冲动打一个分，0分是没有任何冲动，100分是完全不受自己控制，刚刚你在天台上想自杀的冲动是多少分呢？"

"95分！"女孩儿含泪说道。

"那么这个冲动是非常强烈了，可即便如此，你还是没有完全放弃生命，让你不愿意舍弃生命的这5分是什么呢？"

"我想到了爸爸妈妈，我想象不到他们看到我自杀会怎么样!"

"想象一下,如果真的跳下去了,你知道自己会是什么样子吗?你知道你的父母将要遭遇什么吗?据了解,从高层跳下去的人,由于巨大的冲击力,会使我们的骨骼穿透肌肉,还有皮肤,最后甚至连面目都很难分辨!"

此时,学校广播里突然播放《挥着翅膀的女孩》这首歌,原来这也是阿伟的主意。在学校告知他想要跳楼的女生是谁之后,阿伟第一时间通过女生的社交账号采集信息,知道她每次在心情不好的时候都会听《挥着翅膀的女孩》来让自己的心情逐步平复。于是,阿伟也让学校广播站播放这首歌,以缓解女孩的负面情绪。

"你想到了你的父母,不想他们为你感到悲伤,是吗?"伴随着音乐阿伟问道。

女孩点点头。

"那么此时此刻,如果再给你的自杀冲动打分,现在是多少分呢?"

"20分吧。我不想让父母看到我自杀的样子。但是我,还是很难过。"女生的心理防线似乎已经崩塌,放声大哭起来。

"我非常明白你的难过,我也希望可以更多了解你,但请你相信,除了我之外,还有更多的人想关心你。不要担心,难关终将会过去……"

稀子回到宿舍后，又过了一小时左右才见到阿伟独自回来，便问道："刚才太厉害了，那个女生你认识吗？和她说了些什么就让她回心转意了？"

阿伟摇摇头，说道："不认识，老师只是让我去试试，我也没说什么，只是尽力开导她，分散其注意力，让警察有机会救下她。然后再听她诉说，进行疏导，排解她的压力与负面情绪。"

"那也很厉害，像极了电影里的谈判专家！"

阿伟笑了笑，并没有回应。能够通过自己的主动干预，成功挽救一条生命，事后却如此低调、淡然，稀子一改常态，再次对这位特别的室友发出由衷的钦佩。

通过朝夕相处地了解，稀子与阿伟也熟络起来了，而且在自己出现困惑、心情不好时，也会找阿伟倾诉，开始把对方当成值得信赖的伙伴、挚友。

稀子一度以为，阿伟的劝导大多会从自己的特殊经历出发，告诫别人要积极化解："我都能好好活着，你还有什么理由不努力呢？"倘若只是这样想，就太简单了！

做心理辅导与情绪开导需要专业的知识，不是谁都可以做到的。学习心理学的阿伟在这方面确实有独到之处。他并没有过多提及自己的特殊情况，而是更多地从受伤者的感受与切身利益出发，让对方觉得阿伟是在真诚地帮助自己。这个过程双方会产生一种共情，会令人感同身受，或许这便是阿伟善于开导人的精妙所在吧。就好比稀子对自己的大学状态产生困惑时，会询问阿伟有什么好的建议。对方也是在用心了解情况后，设身处地从稀子的情况出发，希望他能有所突破，就像敢在上课坐第一排一样，其他方面的事也要大胆想，大胆做！

毕竟传媒学要跟外界打交道，阿伟还特别说到了梦想，既然稀子志在于此，现在不努力去做，经历这个蜕变的过程，未来又如何能够成功？阿伟没有提及稀子的特殊经历，也只字不提自己的情况，仅就事论事分析，而且相近的观点在多次与稀子的交流中传递给他，逐步形成一种思维定式。

不可否认，后来在稀子成功融入社会的过程中，阿伟的影响与帮助，绝对是重要原因之一。后来得知，阿伟在毕业后真的被当地警方聘为特约心理辅导师，他自己也开了一家心理咨询工作室，如今娶妻生子，过着十分幸福的生活。这种伟岸的力量，可以说直到今天，一直影响着麦特稀。

# 不期而遇

4年的大学时光转瞬即逝。其间，稀子虽说极少参加学校的相关活动，但由于上课总坐第一排，并且认真听讲、积极提问，加上每门课考试成绩优异，得到了老师们的好评。

其中一些知道稀子身体情况的老师，对他的坚持与乐观大为赞赏，并在学业及拓展上给予了他很多建议与帮助。车老师就是稀子在大学期间遇到的贵人。在稀子的心中，车老师为他的未来指明了方向。

几乎每次上完车老师的课，稀子都会结合时下的热点话题，与老师课堂上讲授的知识点，提出自己的一些看法。当然，尽管有时候他的观点很成熟、很有建设性，但有时候也相对幼稚肤浅，无论是在何种情境下，车老师都会认真倾听，并一一给予回应。

记得有一次，稀子的分享很新颖，而且有理有据，车老师建议他道："你为何不把它们写下来，然后发表到网上去，让更多的人看到，而不是只有我、只有我们大家知道呢?"

或许这是车老师突然间想到的一席话，却给予稀子很强的启发性。可不是嘛? 想要做一个出色的传媒人，除了自己要有见解外，还需要将其通过合理的表达及传播途径让更多人看到，让更多人理解及认同，真正产生影响力，这样才算成功。

听取了车老师的建议，稀子回去就开通了当时非常流行的博客，将自己平日积攒的对热点事件的看法写成评论，整理发表了出来。博客的点击量也日渐增多，在网上知道稀子的人愈发多了起来，这也让他的自信心逐步得到提升。

除了写博客，通过老师推荐，稀子爱上了听一些广播电台里的评论性节目，尤其是中国国际广播电台（CRI）的一档体育赛事资讯及点评节目，对节目里的特约评论员赵大师崇拜有加。他浑厚的声线、犀利的观点、丰富的知识储备，单是透过声音就能感受到其人格魅力，让有他的每一期节目都异常精彩。

稀子成了《巅峰体坛》和赵大师的忠实拥趸，并通过当时很流行的短信互动，让节目、让大师也知道了稀子的存在，这为后来事情的发展埋下了伏笔……

大学临近毕业，还未想好实习单位的稀子，近乎把全部精力放在了去北京与赵大师约见这件事上。感觉马上要见到自己的偶像了，稀子激动的心情难以言表。过往只能通过声音和偶像隔空交流，现在可以面对面交流了，稀子已经很久没有那么期待一件事儿了！

与赵大师的见面过程是非常愉快的，两人仿佛早就认识了一般，无所不谈，大师把自己的经验倾囊相授；稀子很信任赵大师，甚至一度想拜他为师，自然也把自己的特殊经历全部分享给对方听。

赵大师得知稀子有这样一番与众不同的经历，仍然热爱生活、坚持梦想，深为感动。因此，当他得知稀子要找实习单位的时候，赵大师主动提出——

"愿不愿意来 CRI《巅峰体坛》栏目组实习，体验一下一线传媒人的缤纷世界？"

"真的吗？我真的可以去吗？"面对赵大师的邀请，稀子激动得几乎叫出来。如果真的可以到 CRI 实习，那真是太棒了！

于是，稀子到北京后没有立刻返回广州，而是准备开启自己的首个实习之旅。有了赵大师的鼎力相助，实习的事情毫无悬念。没过几天，稀子便非常顺利地来到 CRI 总部，前往《巅峰体坛》节目组报到。然而就在此时，又一件让人意想不到的事情发生了……

"稀子？怎么是你？你在这儿干啥？"一个既熟悉又有些陌生的声音传来，楼梯转角处，稀子应声而望。

"怎么是你？阿志，你怎么会在这儿？"

两人的问题，还有大写的问号均如出一辙……

原来一直热爱足球的高一（六）班同学阿志与稀子一样，同样在坚持自己的梦想，在大学毕业后，辗转多个地方，最后也选择来 CRI 实习。更不可思议的是——阿志同样被分到了其王牌体育节目——《巅峰体坛》栏目组，也就是说，接下来的三个月，稀子和高中同学阿志将朝夕共处，成为短暂的同事。世界太小了，真是不可思议！

稀子对高中同学，特别是生病前的每位同学都印象深刻、情真意切，阿志自然是其中之一。尽管那时候自己专注于篮球，而对方是足球痴狂者，但体育不分家，大家会经常讨论热点话题，还时不时斗斗嘴，温馨活跃的画面可谓历历在目。

两人约了晚饭，饭桌上阿志跟稀子说道："咱们可真是好几年都没见了，最近怎么样？"

"还行吧，毕业实习还算比较顺利，没想到还能碰上老同学！可真是天大的惊喜啊！"

"虽然是同事，但我是不会让着你的，最好的机会，我一定会争取到，放马过来吧！哈哈！"阿志调侃道，依然展现了他固有的风格。

"如果有这样的机会，可没那么容易从我手上溜走哦。"稀子也不甘示弱，他知道阿志向来刀子嘴豆腐心。

两人虽然有一层竞争关系，但毕竟是同学，肯定会互相关照的。值得期待的实习之旅，就此美好、愉快地拉开了帷幕。

平日总通过声线辨别《巅峰体坛》节目里的佳佳、小小、奥奥、媛媛、琦琦，如今都见到了真人，大家在一起工作，这感觉简直太棒了！大家都非常关照稀子，知道他是从热心听众变成实习生的，内心始终带着一份热爱，大家都会把最有趣、最有意思、最有意义的事情、观点以及感受与他分享，完全没把他当外人看待。得知稀子和阿志是高中同学时，大家更是发出了异乎寻常的感叹。

第一次出外采访的经历让稀子终生难忘。由奥奥带队，稀子和阿志一道，来到了位于夕照寺大街的中国足协总部，参与新闻发布会。

进入体育传媒这个行业，特别是实习阶段，一般不会有什么项目之分。足球、篮球都必须懂得如何去获得第一手资讯，然后再向大师学习如何将资讯逐层剥离，成为一个个生动的观点。

尽管没有阿志那么熟悉足球，但稀子毕竟以前是体育特长生，还是对自己有信心的，除了第一次感受正式发布会的氛围外，更要珍惜机会，从中得到启发与锻炼。

十几年后的麦特稀，早已不记得这场新闻发布会上的具体内容。但他印象深刻的是回去交给节目组的新闻采编稿，自己是第一个交的，比阿志快，也比阿志的稿子质量高，估计是平时一直坚持写作训练的缘故吧。随后，稀子对这次新闻事件额外写了一篇评论，发表在自己的博客上，把整个过程表述得很完整。最后《巅峰体坛》采用了稀子的稿件，而且在节目里主播佳佳还念了稀子的名字，第一次真的让人印象深刻啊！

原本正常的实习生活，由于有了这一次的竞争，而且稀子略胜一筹，他内心难免有一丝担心，阿志是否会因此记恨自己，以后不再像过往一样有说有笑了？毕竟有一段时间，两人同在一个办公室里工作，但彼此的交流并不多……

不久后，又有一次难能可贵的机会——对中国足坛名宿杨晨先生的面对面访问。这次由《巅峰体坛》节目组的小小带队，同样是稀子和阿志陪同前往。一行人来到约好的咖啡厅，做着访谈前最后的准备。相比出席发布会，专访显然更有意义，参与感更强。分给稀子的工作任务是独立对杨晨进行提问，而阿志则是在一旁负责摄影。

小小对杨晨访谈的部分进行得很顺利，双方聊得很尽兴，杨晨也很快进入了状态，有说有笑，尽显亲和力。马上就要轮到稀子提问了，一个意外发生了，原本准备好的录音笔，稀子翻遍包里的每一个角落，都没有找到，这可怎么办啊？如果用手机录音，显得很不专业，是行业里的大忌，而且也不方便把素材交付电台使用，这可如何是好？

正当稀子感觉焦急犯愁的时候，一只温暖的手触碰到了他，是阿志——

"兄弟，你是在找这个吗？离开电台的时候发现你落桌子上了，我就顺手帮你拿了。"

"就是它，太谢谢你了，阿志！我太粗心了，今天多亏你了！"

"小事，一会儿好好发挥，加油！"

一切如常，稀子和杨晨的访谈交流是成功的，虽然小伙子还是难免透露出了一些稚气，但在同龄人中表现得已属十分出色。而且通过这次机会，他给这位中国足坛名宿留下了一个很好的印象，双方还互换了联系方式。

回去之后，稀子认真完成了这篇专访，节目组领导对最后的播出效果以及平台发布的内容，均十分满意。

当晚，他回忆这一幕，立马联想到了小说《那些年我们一起追的女孩》中柯景腾在课堂上把自己的英语书递给身后的沈佳宜这一幕，随之会心一笑……阿志对稀子自然不是爱情，但这段小插曲充分展现了兄弟间、挚友间的关爱，让人感到十分温暖。

实习的日子过得很快，稀子由于本科不是播音主持专业，最后并没有得到留下正式工作的机会，不过在实习报告上，领导给予了其很高的评价：文字功底好，建议往这方面发展……至于阿志，同样没有得到留下继续工作的机会，不过他终于与自己深爱的足球事业有了交集，而且是职业足球领域，对他而言这就足够了。

或许阿志觉得传媒行业并不是很适合自己，但有了这段经历，他才能更好地确定未来的方向，这是非常值得的。至于稀子，在这个重要的阶段可以与自己当年高一时的同学有这样一段不期而遇的邂逅，而且在实习过程中互相帮助，更令他觉得意义深远。

事实上，在不知不觉中，稀子已经度过了大病后康复的一个重要阶段：从身体康复到心理、精神层面康复的阶段。他已经回归这个社会，能够通过自己的努力，做一个对社会有贡献，能够实现自我价值的人了。

# "艳"阳天

　　稀子和阿志在 CRI 实习的最后一天，节目组终于给予他们一次难得的"出镜"机会，两人合力录制了一期以球衣为主题的特别节目，分享现实生活中球迷收藏球衣的心得体会。

　　在节目接近尾声时，稀子选择播放一首《艳阳天》，稀子选择这首歌作为节目的结束曲原因有二：一是这是一首听完后十分暖心的歌曲，与作品主题相匹配；二是歌曲虽冷门，但冷门意味着知道的人很少，稀子与阿志都希望自己在节目里交出的最后作品可以与众不同，而且有质感。

　　这期特别节目虽然定在周末放送，但获得了意想不到的好效果。当晚《巅峰体坛》的节目收听率居然位列全天所有节目的榜首，这让两人有一种完美收官的感觉，看来所有的努力都得到了认可。

　　更让稀子意想不到的是，因为《艳阳天》还带来了一段对他而言具有特别意义的经历，而且竟然与感情相关。说实话，直到十几年后的今天，麦特稀回忆起实习后、进修中、工作前的这段经历，都觉得非常奇妙。

节目播出后第二天一早，稀子像往常一样打开 QQ 浏览信息，一条留言为"艳阳天"的好友申请弹出，一个蓝色头发的卡通女生头像映入眼帘。会是谁呢？怀着好奇的心，稀子点下确认键……

"你的留言是指《艳阳天》这首歌吗？"稀子迫不及待地问。

"当然呀，昨晚听了你做的节目配乐，我对这首歌也是情有独钟的。"

"没想到哦，这首歌感觉挺冷门的，居然有志同道合的人，真好！"

"哈哈，自我介绍一下，我叫艳子，你的博客我一直关注着，很高兴认识你，稀子。"

"所以，你喜欢《艳阳天》是因为和你的名字有关？"

稀子不禁问道，而且脑海里似乎对艳子这个名字并不生疏，总感觉在哪里见过。

"有一定原因吧，歌词好，旋律也特别好，加上名字的缘故，我觉得它是属于我的歌曲……"

愉快的交流就此开始，原来稀子对这个女孩儿的熟悉感并非空穴来风。当时的他还兼职运营一家名为"Fans1"的体育球迷交互网站，自己负责 NBA 达拉斯小牛队版块的全部内容。

在稀子平日浏览、管理以及与其他版块交流互动的过程中，似乎对"艳子"这个名字有些印象。

谜底终于解开，艳子是负责该网站洛杉矶湖人版块的管理员。两人多次"隔空"相遇，只是在这之前从未像现在这样彼此正式介绍和直接交流。

稀子不知道的是，其实艳子关注稀子的作品有很长一段时间了，一直想认识但又似乎找不到合适的时机，要不是《艳阳天》这首歌的出现让她下定决心，鼓起勇气，他们之间那种谈天论地般的交流，或许还迟迟不能开始。

在稀子心中，艳子绝对是和自己处在同一个频率的可爱女生。一段时间的交流后他才发现，两人拥有太多相同的爱好，而且三观也近乎一致，对很多事物的观点与看法如出一辙。每次聊天，稀子都在不知不觉中把自己最大的真诚给予对方，与此同时，他同样也收到了对方给予自己的诚意。

两人从体育开始，聊时事，聊明星，聊热点，聊学习，聊工作，聊梦想……无所不谈。在后来挺长一段时间里，稀子每天除了日常要进行的事情外，其余时间几乎都用在了与艳子的交流上。对方亦是如此，这种感觉有时候让稀子产生一种像是沉迷网络游戏一般，进入了疯魔的状态。经历了这样一个过程，双方很自然地从网友，逐步变成好友、挚友，越来越亲密，也越来越信任对方。

当时的网恋红极一时。两个人不用见面，有的甚至连对方长什么样子都不知道，就通过社交软件进行交流，逐步产生爱意，最后走在一起。直到艳子与稀子彼此坦诚，说出"我喜欢你"时，属于他们之间的一段网恋，就算正式开始了。

当然，在确认关系前的某个晚上，听着《艳阳天》，稀子把自己近几年的经历对艳子和盘托出。稀子是一个很要强的人，他努力想让自己表现得正常，平日绝口不提那段不堪回首的岁月。不过面对情感时，他认为有必要向对方坦白，特别是在确认自己真的很喜欢艳子之后，这一切更应该做，这种事情不能隐瞒。

当稀子还在犹豫不决，担心艳子知道后会拒绝自己的时候，没想到对方的回答如此干脆："我不在乎，没关系的。你愿意跟我说这一切我很感动，证明你真正信任我。稀子，从一开始对你有好感，到认识后慢慢喜欢上你，我更欣赏的是你的才气，是你的人品，还有你散发出来的那股劲儿，而不是你的外表。你说的那些问题我真的不在乎，我相信我们之间的感情是纯粹的，也能经受得住考验。"

稀子看着手机屏幕，眼眶湿润了，这种甜蜜的爱情可是他这几年没再感受过的了，他曾一度悲观地认为这辈子不会再有，没想到偶像剧里的情节真的在现实生活中上演，而且是真真切切地发生在自己身上。多么美好啊，每次回忆起来，那种甜甜的感觉似乎又回来了……

长达一年多的网恋开始了，稀子回到广州后，在没有找到合适就业单位前，选择继续进修传媒专业的研究生高级课程，为自己的梦想打拼；艳子在北京同样努力完成自己的大学学业，尽管对未来出国还是工作仍没有最后结论，但此时的她收获了这份比较特殊的爱情，已很满足，也是把甜蜜写在了脸上。两人虽然是异地恋，也未曾见面，但彼此心心相印，对这份感情十分坚定。

稀子最亲近的同年龄段亲人就是表姐卓美璇了。在一次聊天中他不经意地说出了自己这段日子与艳子相识相知的经历，果不其然，立马勾起了美璇的兴趣。毕竟之前在北京、广州往返数次，姐弟俩也见了很多次面，怎么突然就多了一个女朋友了？而且这事儿稀子也没有跟爸妈说，毕竟是网恋，他觉得还有太多的未知因素，所以只告诉了美璇。

"她不是也在北京吗？为何不约出来见见？我也好帮你把把关呀！"美璇给出了建议。

"真的可以吗？我和她还没见过呢，这样会不会很尴尬？"

"你和她已经不是普通朋友阶段了啊，不是已经确定关系了吗？那见见怕什么？正好姐帮你看看，她是不是和你说的一样……就这么决定了，你让她联系我呗，我们见了面后我再告诉你。"

稀子在美璇面前向来言听计从，而且他觉得让年长几岁的表姐把把关，也没什么不好，可以更好地增进感情，等到未来见面的时候，尴尬与难为情的时间会变得更短。于是他将提议告知艳子，艳子欣然接受，愉快前往。艳子在这段特别的感情经历中，一直处于十分享受的状态，每个"第一次"都能让她兴奋。当然，也包括这次在见到稀子前，与美璇的见面。

两人相约在西单大悦城的一家咖啡厅，美璇一眼便认出了提前到的艳子。两人都是开朗、外向的性格，虽然话题始终围绕着稀子，但她们没过多久就熟了，有说有笑，气氛分外融洽。

在与美璇的交谈中，艳子知道了更多关于稀子过去的情况，很多都是稀子本人之前从未提及的，这让她对这个自己心仪已久的男孩有了更全面、更深入的认识；美璇除了八卦一下两人的相识、相知外，在介绍稀子的情况时，也旁敲侧击地观察了艳子的态度与反应，毕竟她心里知道，在真正见面前，自己这个弟弟心里最担心、最介意的是什么……

这两位对自己都很重要的女生的见面，让稀子紧张、牵挂了一天，那种惶惶不可终日的感觉已经很久没有出现了。幸好，最终从她们俩那里都得到了他想要听到的答案。两人已经成了朋友，还约好等下次稀子来北京的时候一起踏青，双方对彼此的印象都特别好。

美璇从不打诳语，她对稀子说："要好好跟艳子相处，她是个好女孩儿，心地善良也懂事，对你的事很上心，也很认真，性格也与你很搭。感觉她挺崇拜你的，这样就很不错，好好聊，尽快找个机会见面吧！"

有了美璇这席话，稀子淡定了许多，这次艳子和美璇的见面也确实促成了两人更快的见面。毕竟在一年多网恋的时间里，双方除了每天必不可少的线上聊天外，时不时也会用信件的方式表达对彼此的喜欢。

艳子性格开朗，也是个心思细腻的人，她喜欢写随笔，记录一些当下的感受，并配上一些小插图，集合成一个本子，每过一段时间都会寄给稀子看。在当时，年轻人写信互通感情的事已经很少见了，大家更倾向于选择网络作为联络的桥梁。但稀子对文字、插画这些亲笔描绘的事物有着特殊的感情，这多少跟晴子有关系。他很珍惜这一切，也会用最大的诚意予以回应。

稀子和艳子两人的爱在双方没有见面的情况下持续升温，最后艳子决定来广州与稀子见面。两人见面的心情已经不仅仅是迫切与期待能形容的了，而是变成不得不去做的一件顺理成章的事情了！

已经很久没有那么紧张了，按常理说，这应该是稀子和艳子第一次正式见面，但实际上两人早已确立男女朋友关系了。这真是一个奇妙的场景，相信双方都没有经验，不知道如何去开启第一次互动，如何展示第一个表情，如何去说第一句话。

两人相约在稀子家小区门口见。稀子一身黑色运动套装缓步走去，直到看见一身粉色碎花连衣裙打扮的艳子站在那里对自己笑。

　　稀子太紧张了，手心都是汗，礼节性地问好后，他有些不知所措：说什么好呢？感觉当时的氛围还是有些尴尬，明明已深入了解对方，明明深爱着对方，但毕竟此刻是一个大活人站在自己面前，还是会有诸多不安的思绪困扰心头……稀子心里不断沉思，身体有些僵硬，明显还在紧张，他也不知道艳子看到自己后，是什么感觉。

　　之前，两人计划去当时广州年轻人的约会圣地——流行前线逛街。稀子一边紧张，一边看着过往车辆，眼睛一直不敢再看艳子，他准备拦下一辆出租车。就在这个时候，一阵温暖涌上心头，原来艳子用左手拉起了稀子的右手，瞬间两人心领神会十指紧扣。初次见面的两人，在这个瞬间一下子切换成了恋人的状态。

　　爱情的魔力非比寻常，稀子的紧张感伴随着他们手与手触碰的瞬间消失殆尽……真的很神奇，在车上两人迅速恢复了平日聊天时的开心状态，所有的尴尬在那一瞬间，都被彻底化解了。

　　稀子拉着艳子经过一家很出名的饰品店，两人几乎同时相中了一对情侣对戒。想起看过的偶像剧中，几乎每一部的男女主角都会有一对象征坚定爱情的对戒，有时候会把戒指戴在手上，有时候会将戒指穿入一条项链挂在脖子上。

　　深受偶像剧影响的两人决定买下这对银色对戒，一个刻上"艳"，另一个刻上"稀"，分开装入首饰盒。稀子决定晚餐后找一个安静的地方，用它正式跟艳子表白。虽然他们早已在网上互相倾诉爱意，但面对面说还是不一样，女生需要仪式感。稀子觉得自己应该这么做，他也希望能够给艳子留下美好、难忘的回忆。

烛光晚餐后，稀子带艳子来到家附近的公园，找到一处没人的亭子。他坐下后拿出刻有"稀"的戒指，握住艳子的手，双眼深情望向对方，说下了一段深情的话。

"有的话以前是以文字的形式向你表达的，但既然咱们见面了，我觉得还是要当面再和你说一次。艳子，感谢你出现在我的生命里，曾经我以为自己将远离爱情的眷顾，直到你的出现，让我知道我还可以这样被人深爱着，我还可以感受到爱情的温度，谢谢你，艳子。这枚戒指，代表着我的心、我的爱，现在我为你戴上。让它见证我们永不磨灭的爱，好吗?"

艳子显然没想到稀子会说出如此深情的话，眼含泪光之余连连点头，然后也拿出自己刻有"艳"的戒指给稀子戴上。在那一刻她已经说不出话了，毕竟交换戒指是非常神圣的事情，两人无不被当时的氛围感染。在爱情中永远都需要"仪式感"这三个字。两人紧紧拥抱在一起，稀子亲吻艳子的额头、鼻梁、嘴唇……

随后的一周，艳子和稀子天天见面，可以说在广州度过了非常愉悦的时光，这也是自从稀子生病以来难得拥有的放松、惬意、美好时光。他又一次迎接了爱情，觉得自己很幸运可以遇见艳子，与其相知相爱——除了欢快的聊天，她总是跟在他身旁，无论他提出什么建议，她都点头回应。最好的伴侣莫过于此，但谁也不曾想到，一切都只是暴风雨前的平静。

艳子一直没有说，直到最后她实在瞒不住了，才选择跟稀子坦白：原来这次来广州与稀子见面，是她决定出国前的最后一趟旅程。明天回到北京后，艳子便要收拾行李前往英国开始留学生活了。

之前一直没有跟稀子说实话，是因为这些天大家过得太开心了，她一直不愿意打破这种氛围，所以不到最后关头，她都选择沉默。

"你舍得吗？"

"不！但……"

"没关系的，我能理解，毕竟去英国留学关乎你的一生，是家人共同的决定，我支持这个决定。我们又不是就此诀别，继续像过去一样，每天保持交流就好了，不是吗？都已经坚持那么久，见面后彼此也更确定了，难道你没有信心吗？"

稀子抬起手，亮出了那枚银色的戒指。

艳子沉默不语，过了一会儿她点了点头。或许她不曾想到稀子可以那么快就调整好情绪，接受她第二天的离开以及自己即将前往英国求学这件事。她原以为双方会闹得不愉快，稀子会有情绪，然而之前所预想的情况都没有发生。

第二天，稀子虽然很不舍，但还是送艳子去了机场，两人依依惜别。

"不知道下一次见面是什么时候了，但我的心你懂，记得我们的承诺！"

这天的艳子变得话很少，听完稀子的道别后，她点点头，抱了抱稀子，简单说了句"保重"，便转身离开，踏上回京的旅程。

事情的发展远远超出了稀子的认知和想象，对于艳子，稀子虽然同样有不好的预感，但不曾想一切来得如此之快，快到令他有些不知所措！

一天下午，稀子手机收到一条信息，是艳子搂着一个男生的腰的自拍，场景是在一间公寓里，地址是英国，随后一段语音发了过来："对不起，稀子。我来到英国后整个人都不知所措，幸好有他无微不至的照顾。我已经在不知不觉中开始依赖他了，我知道这一切对你来说很残忍，可我真的希望你坚强，希望你一直都好。稀子，对不起，希望你不要介意，可以成全我们……"

在送别艳子离开广州后的一周里，双方几乎没有什么联系。稀子以为她刚到英国，有很多事情要忙，没有时间联系可以理解，等安定后大家再聊。没想到几天后便收到了艳子这样决绝的信息。

望着这张照片，稀子没有回复，他不知道还有什么可以说。又是一次草草收场。他是一个自尊心很强的人，只是不解为什么每次受伤的总是自己，是否还会跟那段特殊的经历相关，自己永远就是一个"备胎"的角色……当然，这也意味着两人的网恋宣告终结。

蓝牙音箱里传来《艳阳天》这首歌，"随机播放"的功能真奇妙，它总能在几千首歌里突然带给你一份惊喜，让很久不曾回首的歌曲以及由旋律、歌词唤醒的场面再度袭来……

十几年后的麦特稀再听这首歌时，已经没有了当初那种强烈的心动感觉，不过与艳子相处的这段过往，他还是记忆犹新的。

如今"饱经风霜"的麦特稀，也想得更明白了，其实当初艳子决定来广州见稀子，很有可能就是来给这段网恋画上句号的。她知道自己即将前往一个全新的环境，她也知道很难继续坚守这份感情。然而毕竟有过一年多的相处，用这种方式予以完结，给自己的这段特殊经历留下一段美好回忆，未尝不是一件好事。况且以这种方式结束，或许她认为对稀子的伤害是最小的，双方也都可以留下一段美好的回忆。

麦特稀十分确信自己此刻的想法，当然这些年与艳子没有任何联系，也没有想去了解的念头。现在的他似乎已经洞悉一切：这段网恋，当然是有意义的，让麦特稀领悟到了更多现实的意义，艳子并不能取代晴子，这两个出现在麦特稀生命不同阶段的女生，对他的影响是不一样的。

艳子的出现，一度让麦特稀误以为在经历病痛后依然能找到向往的爱情，依然能找到一个对自己一心一意、平视的爱情。但答案是否定的，这样的愿景目前只能存于想象中，因为现实很残酷，这样的爱情可能并不存在，可能很难遇到。也许正是如此，艳子才会早就计划好一切，并在投入新环境后仅一周的时间就与过去彻底挥别。他没有任何值得她留恋的地方，他们的感情实际上脆弱到连一点基础都没有！

他想起来，与晴子在后来的感情相处中似乎也遇到了相似的情节，只是相较来说时间更长一些。而事实上只有生病前的31天时间里，只有那时的麦特稀，才是可以平等享受爱情的一方，才不是一个"备胎"的角色。生病后，一切的平衡都已经被无情打破……

沉浸在对往事回味中的麦特稀，在意与留恋的自然是以平等的身份和晴子坠入爱河的那段时光，这也是他在多年后依然对晴子念念不忘的缘由所在——那不仅仅是对初恋的向往，这其中真正不可取代的，更多是对一种平等的爱情的向往！即便这一切已不复存在，更不可能重现，但在回忆时想起点滴，依然觉得无比幸福。

# 后来的我们

　　老天就是这样，当它给你无情地关上一道门时，必然会为你开启一扇窗。经历过身体上的病痛与康复的艰辛，稀子可以说一直没有放弃，也没有辜负家人与朋友的期待。在学业，包括后来的事业发展上，稀子似乎走得特别顺利，大学以优异成绩毕业后，来到广播电台一个当时炙手可热的节目组实习了三个月，并以优异的成绩完成实习，获得领导和同事的好评。有了这样的实习经历，稀子决定报考研究生，通过了3年的系统学习，毕业后的稀子刚好赶上一家世界500强企业招募品牌部专员。这个职位与传媒有紧密关系，稀子成功应聘。

　　后来，通过管理培训生的轮岗实践，稀子愈发觉得这间公司的发展理念与自己心中所愿十分契合。通过轮值再回到品牌部工作后，他便感觉从事的一直自己喜欢的领域，这让其倍感兴奋，也有了继续奋斗的动力。

　　通过近十年的打拼，如今的他已经成为该企业品牌部总监，有一定的社会地位，收入可观，工作强度也适宜，再晋升的话，就要进入集团公司高层了。稀子对公司已经有了强烈的归属感，他在不断努力的同时亦在等待着晋升机会。

事业上的顺风顺水并未换来感情、家庭层面的如意。从学校走入社会，这些年也遇到了各种各样的人，稀子开朗外向的性格也让他结交了不少朋友，但始终没能寻觅到可以相伴终生的那个人。身边的同学朋友一个个相继结婚生子，唯独剩下稀子一人。他们有时候会开玩笑，说麦总监要做钻石单身汉，眼光太高，普通人压根儿入不了他的法眼……

事实上，稀子心里清楚，曾经的特殊经历多多少少对自己现在的情感形成了阻碍。对于感情，他习惯坦坦荡荡。他不喜欢隐瞒或是欺骗，但在感情发展到一定阶段时吐露真言，有时候会让对方很吃惊，随后经常就会是不了了之；有时候甚至还没到这个阶段，就会被对方莫名其妙拒绝……久而久之，稀子对感情愈发没有信心，也就得过且过、顺其自然了。父母虽然嘴上说不急，但也知道自己年岁逐渐增大，儿子不能一直一个人，尽管这些年确实没有遇到一个合适的人选。

稀子喜欢交流、分享，自己一个人待在工作室的时候确实闷得发慌。他并不喜欢这种感觉，他也从没执意要做什么钻石单身汉，他的内心是渴望成家的，非常希望可以找到一个志同道合的灵魂伴侣。而且在他的内心深处，晴子的影响犹在，他总会时不时回忆起那 31 天的甜蜜时光，也时常感叹自己再也遇不到像晴子这样的女孩儿了……

　　和稀子相比，晴子的人生经历自然是不一样的。大学期间的她经历了两段恋爱，其中只有大一、大二时候和江波在一起，大三、大四时到法国巴黎的大学当交换生，其间又谈了一个法国男朋友，可以说把她一直心仪的"浪漫"，在这个全世界最浪漫的国度发挥到了极致。

　　回国后，由于这些年晴子学的都是语言，并没有实际技能，因此加修了金融专业。看来当初晴子父母让她选理科班是对的，不过幸好高中的抉择对此刻的她影响不大，学成后进入银行系统，觅得一份安稳的工作。晴子还报名了舞蹈兴趣班，重拾自己一直热爱的舞蹈，生活也算过得有滋有味。

　　晴子经历了一次闪婚、闪离。大好年华的她，在读金融专业期间认识了阿金，一个典型的"官二代"。阿金的社交圈子十分广泛，金融、体育、教育等行业都有不少朋友。不得不说，阿金的社交能力非常强，所在公司的很多事情都可以通过他的公关轻而易举解决。

　　阿金在一家银行的支行任主管，虽然职位不算高层，但是具有一定的特殊性。因为他高超的社交能力，企业高管们碰到什么难题，总会第一时间想到让阿金去解决，也正因如此，他颇受领导们的重视。

　　机缘巧合下，在一次与篮球主题相关的社交活动上，晴子认识了阿金，然后阿金就向晴子开始了猛烈的追求。两人很快坠入爱河，三个月的热恋期让这个东北女孩仿佛在北京找到了归宿。况且阿金家境殷实，对晴子也百般呵护，双方家长见面后都没有意见，结婚可谓顺理成章、水到渠成。三个月之后，他们就踏入了婚姻的殿堂。但当真正踏入婚姻殿堂以后，晴子才发现两个人的三观有很大的不同。

婚后的晴子日子过得并不算幸福，两人没有要小孩，做起了"丁克一族"。阿金是北京传统"官二代"做派，好交际，狐朋狗友也一大堆，成天不回家。这些要是放在两人恋爱期间，女方可能还会认为这是男方豪爽和有义气的体现。而婚后的晴子越来越受不了阿金，两人从一言不发的冷战到激烈的争吵不断，不到半年就有要分开的迹象。

日子一天天过去，对家庭毫无责任感的阿金在晴子心中留下的只是失望。直到有一次，晴子不经意间看到了阿金手机里的信息，里面的文字、图片和视频让她对他彻底失望，不再抱有任何希望了，下定决心要跟阿金离婚。两人在一次大吵之后，没两天他们就领了离婚证。重回单身的晴子发誓要带眼识人，以后婚姻大事绝对不能轻易下决定了。

恋爱三个月，闪婚，结婚半年，闪离。这段仿佛上了高速的人生经历注定给晴子的生活留下了不可磨灭的印记。

这里有个小插曲，晴子在大婚摆宴的时候，也学着电影里的桥段，有一桌属于双方的前任男女朋友。当时晴子曾想过是否辗转朋友通知麦特稀，虽然通过微博、公众号等公共社交平台，她很容易就能打听到他的近况。不过，后来几经思索，还是放弃了。晴子也是体谅麦特稀，毕竟他有和别人不一样的地方，又在广州，即便是请他来，估计八成也不会来，那么多年了，他俩一直没有联系，便也就作罢。

稀子和晴子各自安好，互不打扰，直到麦特稀 33 岁生日那天，一切似乎有了微妙的变化……

饱龙和一大帮常联系的旧友来为稀子庆生，大合影发到朋友圈后，晴子通过饱龙转达了对稀子的生日祝福。不过即便是最普通的祝福，也是这些年来的第一次。

宴会结束后，饱龙把稀子拉到一边，拿出手机给他看，后者着实吓了一大跳！

"你俩还有联系？她咋样了？我可是有十来年没和她联系了。"稀子有些意外地说。

"毕竟是同学，一直在一个群里，互加好友后便没怎么说过话。"

"哦。"

"听说她在北京，具体情况不太清楚。毕竟是你初恋，我没事也不会揭你的伤疤，对吧？"

"那么多年了，早就释怀了。"

"我说也是，都过去十多年了。"

"就当关心一下老朋友，把她微信推给我吧。"

"你确定要加吗？"

　　稀子思索着犹豫了一会儿，依然抵不住心底的声音，还是决定加一下，决定和这个表面看起来已经释怀的她恢复联系。

　　添加后的隔天凌晨，晴子同意了好友验证，简单寒暄了一番。显而易见，无论是晴子还是稀子，双方都在刻意保持距离，毕竟太长时间没有联系，作为同学也不方便打听太多。从此以后，两人除了逢年过节的礼貌性问候，再没有其他的交流。

　　虽然没有过多的交流，但两人确实通过社交媒体开始进入对方的生活，起码通过朋友圈可以知道对方的近况。向来喜欢分享的稀子如今是传媒人，开始关注晴子动态后，正常地点赞、留言；女生还是含蓄一些，晴子只是默默地关注着他的朋友圈动态，并没有留下任何痕迹。

　　终于，在与晴子恢复联系后不久，稀子由于工作原因需前往北京出差一周。虽然嘴上不说，但在稀子的内心深处似乎总在期待着这样的机会。十多年没见晴子了，更何况稀子的特殊经历，让对方在自己内心的分量陡然提升。出于好奇也好，出于期待也罢，在手机上交流，毕竟不如见面聊来得干脆利落！

　　稀子摸出口袋里的手机，打开微信，想了片刻，缓缓输入一串文字。"晴子，你好，最近忙吗？下周我要去北京出差，不知是否有时间，大家一起吃个饭？应该有十多年没见了，你看方便不？"稀子输入每一个字时，内心都是忐忑不安的。

　　"好呀，老同学嘛，好像真的很长时间没见了。一周都在北京吗？我周三下班练完舞蹈应该可以……"过了一会儿，对话框弹出这一行字，稀子看后心底一热。

两人约在北京一家非常有名的法式餐厅见面，环境雅致，最主要的是特别安静，比较适合聊天。

稀子身穿一件新买的藏青色衬衫，里搭白色T恤，黑色长裤，手里拿着一份包装精致的伴手礼，比约定时间早了十来分钟到达餐厅。

一进门，接待的服务员便热情地迎了上来，核实完预约信息后，服务员对他说："您约的客人已经到了，这边请。"然后就带着稀子朝事先预约的餐桌走去。

虽然稀子表面非常淡定，但心里还是"咯噔"了一下——不会吧，她怎么到那么早？一会儿开场白要说什么，还是电影情节中那句万年不变的"好久不见"吗？

稀子边走边想，没太注意服务生的位置及指引方向，也没有留意路过的顾客。

"在这里呀！我变化那么大吗？怎么都认不出来了？"

一个活泼可爱的女声传来，稀子扭头一看，眼前的她一身米色休闲外套，既优雅，又掩饰不住姣好的身材，内搭黑色高领针织衫，将一张白皙的瓜子脸衬得格外美丽。

天啊，原来自己走过了预订的位置，服务生早就站在一边了。此时，晴子则挺着身板看着眼前这个既熟悉又有些陌生的大高个儿。

"哎哟，实在不好意思，光顾看路了，没注意到人……"

坐下的稀子抬头看着晴子，这是两人时隔十多年后的对望——还是炯炯有神的大眼睛，还是招牌式的微笑，还是充满活力的样子，头发稍微长了一些，乍一眼看上去和想象中的她差不多！

"哇，怎么感觉你都没什么变化呀！倒是我，胖了很多呢，应该是我担心你认不出来我才是！"稀子寒暄着。

"好久不见……"

"好久不见……"

两人几乎同时说出这句经典的开场白，反倒让现场气氛变得有些尴尬。

"我们先点餐吧，边吃边聊。"

说着稀子向服务员眼神示意了一下。

"那恭敬不如从命！"

两人用最快的速度点完餐后，服务员重复了一遍菜单内容，确认无误后，稀子将菜单合上，还给了站在一侧的服务员。巧的是，就是这个短暂的瞬间，两人又一次四目相对，稀子随即送上提前准备好的伴手礼。

一份稀子精心准备的小礼物——木刻画。他用她朋友圈里的自拍照，加上自己想象中与她匹配的动漫形象，制作了一张图，然后做成木刻画送给她。

晴子接过礼物，打开礼盒，还是和当年自习室里收到礼物时的反应一样，"哇"了一声，眼睛里是掩饰不住的欣喜，然后连连表示喜欢和感谢。稀子心里暗自高兴，看来人的喜好还真是不会变的。那么多年过去了，她还是喜欢这种带有小浪漫、小情调之类的东西……

麦特稀已经不太记得那次重逢时两人聊天的具体内容，只依稀记得两人在餐桌上互相问候了一下对方的近况，说了说各自的工作与生活状态，感觉时间过得特别快。

本来西餐理应吃得慢一些，特别是法餐，真正的巴黎人请朋友吃饭，一顿饭可以吃三四个小时。然而那天的晚餐，两人没一会儿就吃完了。他们除了叙旧好像也没有谈更多的话题，只是，在注视着对方眼睛的时候，稀子的心里有一种强烈的感觉，却说不出究竟是什么。

晚饭后出了餐厅，两人并肩走了一段路。起初都不说话，也都没觉得尴尬，繁华的都市在晚上热闹非凡，附近川流不息的车辆的鸣笛声，路过的烧烤店里的吆喝声，理发店里播放的音乐……足以将两人的沉默掩盖。

"晴子，咱们要不要换个地方再聊一会儿？"稀子主动发出邀请。

"今天不了，回去还有些工作要处理，谢谢你的晚餐和礼物。"晴子平静地回应。

稀子果然听到了让自己失望的答案。他心想，没关系，对他而言，两人十多年后能再次重逢，本身就需要勇气，他觉得自己的表现已经算不错了。

随后稀子叫了车，送晴子回家。车上他还是没忍住就直接问了，毕竟刚才吃饭的时候一直找不到好时机。

"想问一下，你现在结婚了吗?"毕竟大家都三十多岁了，稀子可以接受任何答案，他只是有点儿不甘心，仍想知道一个明确的答案。

晴子摇了摇头，并没有说话。

车很快开到了晴子家所在的小区门口，她下车后很自然地向稀子微笑着挥手致意："谢谢，有空再见，路上小心。"

"有空再见。"稀子礼貌回应，望着晴子步行的方向，直到她消失不见。

晴子径直走去，中途没有迟疑，也没有回头相望。稀子心里想，不知道这是否意味着对方的心意。

夜很安静，月光也很皎洁。

迟迟不睡的人都在想念。

重逢后的那晚，稀子彻夜未眠，回到住处听着重复的音乐，思绪复杂，已经很久没有这种感觉!

后来稀子还约了晴子几次，对方都以工作忙为由婉拒。直到出差结束回到广州，阔别十多载，他们也仅仅是一起吃了一顿饭。

在稀子的人生里，晴子扮演了非常重要的角色。直至重逢，16岁时那种青涩、懵懂但又热烈的感觉犹在，而且他会一直回想她的脸、眼神、笑容，甚至一切。

可以确认的是，他还想着她，心里还喜欢着对方，这种喜欢刻骨铭心，重逢后他更加确认这一点……但她呢？她是怎么想的？稀子拿捏不准，对方现在还没结婚，那就证明自己还有机会，还要表达吗？需要告诉对方自己现在的心意吗？

在和晴子重新见面的一个月后，稀子终于下定决心，还是要跟晴子说清楚自己现在的心意，要让对方知道自己仍有眷恋，与此同时也把主动权交给对方。

相比言语，稀子对自己的文笔更有自信。他用一封告白信把这些年的心路历程以及重逢后的感想全部倾注在笔尖，他也第一次告诉晴子，这些年心里一直放不下她。信中表明未来依然有很多不确定性，但他会努力改善一切，甚至他愿意放弃广州的工作来北京找她，只希望她能再给自己一次机会。他会静候和尊重晴子的答案和选择。

告白信连同新一年的工作台历，一并寄给了晴子。稀子认为自己是经过深思熟虑后做的这一切，也完全表明了自己的真心，信中措辞谨慎，不会让人感到唐突、尴尬。现在该做的都做了，对自己而言已经没有遗憾，就等着对方的答案了。不知道哪儿来的自信，稀子觉得自己还有机会，觉得真的有希望和晴子再续前缘。

一周、两周、一个月、三个月、半年……告白信犹如石沉大海一般，迟迟得不到回复。

而且不知道从什么时候起，稀子发现已经看不到晴子的生活动态了，朋友圈显示半年没有更新动态的字眼。一切都和稀子想象的完全不同，难道这就是两人最后的结局吗？最后的答案究竟是什么，晴子还没有回应呢，难道还是和当年麦妈的评价"意料之外，情理之中"一样吗？

## 仰望晴空忆青春

与晴子相关的种种迹象，让稀子感觉到了什么。他没有再主动联系晴子，毕竟大家都是成年人。此时此刻，麦特稀心里其实已经有了答案：没有答案，正是晴子给予自己的最后答案！

茶馆里，晴子端着茶，坐在落地窗旁思索。茶碟下压着一封手写信，她没有想到稀子会在十多年之后再次向自己表白心意。虽然，十多年后两人重逢的那晚，他的眼神她都看在眼里。凭窗而望，茶馆旁有一座宽阔的石拱桥，石拱桥上永远有那么多人，茫茫人海中相遇，有多难。十多年后的她，在没有与稀子重逢前偶尔会想，每天那么多人擦身而过，自己会不会跟那个命中注定的人早已经错过了。

晴子在与稀子重逢后，内心的确有过一丝波动，而且在收到稀子的信后，的确也经历了一番慎重的思考。这不得不使她回忆起了十多年前，两人在一起的短暂又纯真的时光。他们一起坐在湖边晒太阳，聊着对未来的憧憬；一起去影院看电影，手牵手慢悠悠地走在幽静的马路上；她在夜色中等他补习完闪现，给他惊喜，然后一起散步回家，走到没有人的地方，她羞怯地紧紧握住他的手；假期一起在贯通东西的古老街市上看各种纪念品……

杯子里的茶，添水很多次，味道越来越淡。添进去的，都是时间。

想着想着，晴子下定了决心：无论出于什么原因，现在的麦特稀早已不是当年那个自己无比眷恋、任意依赖的大男生了，不管是外在还是内在，都有了很大的变化。或许对方对自己的感情犹在，但晴子扪心自问，她对现在的麦特稀早已没有了当年的那种感觉，她心里很清楚，两人很难再重新开始。

更何况，晴子深知自己经历过一段彻头彻尾失败的婚姻，对于一段新感情的开始，本来就会比过去更加慎重，如今这段尘封已久的感情又怎么能够轻而易举地被唤醒？

对与稀子再续前缘的事，她没有底气可以维系下去，也没有勇气重来一次，最关键的是"曾经沧海难为水"，她对现在的他已经没有了感觉……不过毕竟和麦特稀同学一场，也共同有过一段值得珍视的特别的经历，她不想再次用决绝的言语伤害对方，更不想破坏两人的美好回忆。思前想后，也问过自己的闺蜜，最后决定以静默的方式处理。她相信经过时间的沉淀，麦特稀能够知晓她的意思，理解她的初衷，更不会对她施加困扰。

麦特稀现在已经完全明白晴子的用意。深爱不成，那就选择接受与成全。感情的事来不得半点勉强，当年和晴子的这段感情足以让他铭记一生，对她始终有一种特别的情愫。不过，感情终究是两个人的事，将心比心，或许这种体会在晴子身上不可能存在，稀子只是她人生中的过客，曾经有过一段美好的回忆，这就足够了。

重逢的种种细节让稀子明白，对方只是把自己视作老同学、好朋友，作为心智成熟的人。渐渐地，麦特稀想清楚了，自然也选择尊重对方，选择放下过去的一切。有的时候，能够成就自己在意的人的想法，能够让对方舒适、幸福，同样是一种爱的表现。

次日的清晨没有阳光，阴沉沉的，似乎会下场小雨。清晨格外的宁静，窗外偶有鸟叫声。在这样的清晨醒来，稀子的心情出奇的平静。就在麦特稀觉得今天只是普通的一天时，一个突如其来的消息让他心头一紧，心情瞬间沉重。

这天早上起床后翻阅手机，只见当年深希中学校友群频繁在发"蜡烛"的图案。经过一番仔细了解后才得知，阿志因突发性白血病医治无效，于前一天晚上彻底离开了大家……

天啊！35岁的大好年华！上一次同学聚会，阿志还作为牵头人与大家有说有笑，曾经一起实习留下了多少难忘瞬间啊。这么多年来一直保有热心肠、乐于助人的阿志，怎么说走就走了啊！

稀子不禁感叹世间无常：有太多的意想不到总在不经意间冲击着我们，让人无法接受又不得不去面对。

当年，稀子生病时也有这种感觉，同学们纷纷用各自的方式送上祝福与支持。现如今自己的朋友出了这样的事，回忆起当年曾经一起奋斗的岁月，麦特稀随即撰写了一篇纪念悼文——《有欢笑亦有拌嘴，有调侃也有针锋相对……但这就是我们最纯粹的同窗情与兄弟爱——沉痛哀悼并深切缅怀阿志同学》，送别阿志，感慨过去，提醒大家珍惜眼前人。全文如下：

寒冬腊月生机失，四海支援万众萤。仁者之心高德行，五湖哀悼慰离灵……所有的哭泣、悲伤、痛心，都已无用，都无法挽回你逝去的生命！

今晨，望着手机屏幕里关于阿志的霾耗，实在不敢相信自己的眼睛，在和关系最近的同学确认了消息后，自己的思绪变得混乱无章起来——天啊，这可是与我们同龄的好同学、好兄弟啊，才三十出头，怎么就……

后来通过了解才得知，阿志罹患白血病，并且已经治疗了一年多的时间，还是离大家而去！我这才恍然大悟，这确实是阿志的风格，他乐观、豁达，平日只愿意跟大家分享开心的事，对于自己生病在任何社交平台都只字未提。除了特别亲近的友人，大家都无从得知。这一回，当我们得知他的近况时，一切都已经太迟了！

伴随着可米小子的经典名曲《青春纪念册》，思绪回到了那年高一（六）班的美好光景。那段无忧无虑的岁月是多么让人留恋和不舍，而在我们这个群体中，阿志绝对是不可或缺的关键人物。那时候理科成绩名列前茅的他，是个"足球达人"，在当年篮球运动风靡中学校园的时候，他的特立独行给我们留下深刻的印象。

记得那时候的他，总会与我拌嘴，要么就是意见不合，而且还振振有词、据理力争……我们甚至为一个不同的观点而差点儿大打出手，那时候的我们年轻气盛，但值得回味！

虽然我们只做了一年的同班同学，后来的种种让我们没有了昔日拌嘴般的亲密互动，但彼此都在默默关注。知道他后来一直坚持踢球，也成为深希中学足球校友队的成员。而我可以说阴差阳错地进入了相关行业，这回我们之间才有了共同语言。或许大家是真的长大了，年少轻狂时的剑拔弩张愈发减少，取而代之的是成年人、同窗兄弟之间的肝胆相照。

阿志还有一个特别的身份——"撩动青春的六厘米的弦"的群主，而且是我们每一个同学的"生日提醒官"！他太有心了，记下我们每一个人的生日，然后在生日当天零点准时送上祝福……大家因此有了话题，在群里也有了更多的互动。我和阿若同一天生日，每到生日，都可以收到阿志@我和她的生日祝福，真心感动！他的用心与担当，通过细节予以表现，大家都看在眼里，记在心上，值得我们学习与敬重。

阿志，永远坚定、永远乐观的你，一路走好，在天堂没有病痛，你可以尽情享受足球盛宴了……

斯人已逝，逝者如斯！

写完这篇纪念悼文，麦特稀内心久久不能平复。发表后，同学们读后感触颇多，追忆阿志，也感怀世事无常，过好当下，珍惜眼前人。

# 怀　念

　　世事多无常，世事多变迁。人们永远不会知晓下一秒会遇见何人，经历何事，更不会知晓意外是否会在下个转角处突然发生，一切都是那么让人猝不及防，难以接受。

　　与这个繁杂的世界相处，总是会留下遗憾，这又时常让我们痛苦、懊悔、失望，但是遗憾不应成为我们沉溺、止步不前的理由，而应该成为鼓励我们继续前行的坚实力量。那些意外既然已经发生，我们能做的就是勇敢面对与及时止损。若是世事能够掌控，我希望我深爱的人们永远不会遇见意外，永远是幸福的模样！此生别无他求，唯愿他们能够安好。如果一定会有意外，那么若是遇见你，我希望是美丽的，而不是带着伤痛的泪花……

　　我们怀念过往，回忆青春，归根结底应该做的就是——珍惜眼前人！

　　此刻，麦特稀内心十分笃定，"纪念我们终将逝去的青春"对自己而言究竟意味着什么。过多的纠结、期盼、愿景，都毫无意义，真正关心、关注、关爱身边的人，让真正在意你的人过得更好，才是自己该去做、该去守护的事情，也是面对人生该有的态度。

　　窗外阳光灿烂，蓝天白云，一个好得不能再好的大晴天，麦特稀走出门，漫步在林荫大道上。突然，阳光的余晖透过树叶射向他，麦特稀不自觉地抬起头，望向这湛蓝的天空，顿时豁然开朗……或许对他而言，每当仰望晴空的时候，便是自己对于青春、对于那段刻骨铭心的感情的最好回忆，也是最诚挚的致敬。

# 番外一　懵懂的爱

　　白云国际机场，到达大厅 E 出口，一身笔挺西装的麦特稀来接机，他扶着栏杆，用迫切的目光盯向前方，时不时看看手机，又看看表。不一会儿，一名身高一米八几、一身标志西服、戴着墨镜的型男，一手推着行李箱，一手牵着一位女士，朝稀子这个方向走来。这位靓丽的女士身材高挑，身着亮紫色礼服……这样的打扮出现在机场，很难不引起大家的关注。

　　麦特稀虽然有些近视，但也看到了这对璧人。看似眼熟，又有些犹豫不决……直到一句高声问候，才彻底打破了原本的平静——

　　"稀子，是我呀！饱原！怎么了？几年不见认不出了？你小子，别来无恙呀？"

　　"啊！真的是你呀！穿这么扎眼，不是你风格嘛！犹豫了一下……"麦特稀边说边快步迎了上去。两人相视一笑，立马来了一个独属于他们兄弟俩的特殊问候礼。

"你小子终于回来了啊！什么几年？十多年了，好吗！总算见到真人了，不再只是手机交流。"随即稀子补充道，一只手不停轻拍兄弟的肩膀。

"唉，经历太多事情了！今晚好好聊！给你介绍一下，这是我的新婚妻子——小爽！这次一起回来参加饱龙的婚礼。"饱原顺势指向在一旁静静看着两人的女士，"小爽，这就是我平日总给你提起的稀子，当年在学校叱咤风云的麦特稀！接下来在广州的安排都指望他了！"

"稀子哥，你好，我是小爽。你真的和庆原说的一样，高大威猛，一看就是运动健将！很高兴认识你！接下来要给你添麻烦了，请多多指教。"小爽有些许害羞地抬头望向稀子。

"过奖过奖！好说好说，都是自己人……"麦特稀一面寒暄，一面习惯性地看了下手表，"哇，快来不及了，车就在外面，赶紧出发吧。一会儿婚礼要是迟到了，我可担当不起呀！还不得被饱龙骂？"

"是！赶紧出发！兄弟现在知道我们为何盛装出来了吧？节省时间嘛！哈哈。"孟庆原三步并作两步，牵着妻子跟上麦特稀，向停车场快步走去。

小爽一面走一面低声问："庆原，饱龙就是你平日跟我说的俊龙哥哥吗？"

"嗯，我们三个就是如假包换的'饱饱三兄弟'呀。俊龙也是一米八几的大高个儿，颜值是我们之中最高的。一会儿你就知道了。"孟庆原同样小声回答着，眼里满是宠溺。

四十分钟后，一辆特斯拉在一家超五星酒店前缓缓停下。麦特稀、孟庆原和小爽下车后，直奔写有"俊龙&怡君百年好合"字样的礼堂大门。

十多年了！麦特稀、孟庆原、俊龙，这组当年在深希中学叱咤风云的"饱饱三兄弟"，终于重聚了！时光飞逝，世事变迁。谁也不曾想到，三人的再聚首，是在十多年后俊龙的大婚典礼上……

喧嚣过后总要回归日常的平静。完成了婚礼所有环节、休整了一天的俊龙终于腾出了时间。这天夜里，三人相约酒店对面的一间清吧叙旧，大家似乎都有一肚子的话，想在这一夜畅谈。

兄弟间只分享近况就聊了好几个小时。稀子、俊龙倚着沙发喝着酒，看着庆原侃侃而谈。片刻停顿后，麦特稀忽然抛出一句话，"龙龙，你这次大婚怎么没邀请茜茜？"

突然听到这个名字，孟庆原先是一怔，然后望向远方……"当然请了，她在加拿大。听说有重要事情必须处理，所以回不来。庆原是不是很遗憾呀？你俩也超过十年没见了吧？嘿嘿！"俊龙打趣说，稀子在一旁拍手附和。

"你俩真是一点儿都没变，还拿我的事消遣呢！"孟庆原一边回应，一边回复着手机上的信息。就在此时，小爽走了进来，她拿着一袋外卖，走到三人的卡座前。

"老公，还在聊呢？饿不饿？我买了小龙虾当夜宵，要不要来一点？"

三人对视一下，孟庆原很有默契地向小爽摆摆手，说道："不用了，刚吃的东西还没消化完呢！你先回去休息吧，我们十多年没见，还想唠唠……"

"好的，你们慢慢聊。老公，你的衣领歪了，自己也不多注意下形象。"说着，小爽放下外卖，上前帮庆原整理衣衫，一看这熟练的动作，平日应该没少做。

就在此时，氛围好像于顷刻之间突变。孟庆原从刚才的侃侃而谈突然变成了沉默不语，目光比之前更深邃，整个人安静了下来。若有似无，只是听到了那个名字，伴随着幽暗的灯光，一下子陷入了回忆中。

那一年，那些年……

"同学，你的衣领歪了！"伴随一声悦耳的提醒，孟庆原回头看去：利落的短发，一张可爱且充满稚气的笑脸。还没等他真正反应过来，女孩儿便很自然地走向前，用手拍了拍他的肩膀，还理了理有些歪了的衣领，一切都是那么轻车熟路，好像两人已经认识了许久似的。"俊龙，你的朋友看来没有你讲究，也没有你那么喜欢臭美！哈哈！"女孩儿随即补上一句。

此时，俊龙才回过神，说道："茜茜，别瞎说，你是越来越爱胡闹了！"停顿片刻，俊龙补上一句，"可惜咱高中不在同一班，否则肯定还和之前初中一样快乐"。

　　茜茜做了个鬼脸，挽着闺蜜的手臂扬长而去。孟庆原注视着女孩离开的背影，他显然记住了这个特别的女孩。尤其是帮忙整理衣领的时候，女孩儿手指触碰到他身体的那一瞬间，他的心剧烈跳动，久久不能平静……两人的初遇看似不经意，却是足以铭记一生的初见。

　　高一新生军训转瞬即逝，各班班干部被通知开会，分配新学期的相关任务。孟庆原因为出众的表达能力及有丰富的经验，毫无悬念地被选为六班的班长，代表班级去开会。走入办公室的那一刻，他看到了一个熟悉的背影，一米七左右的身高，爽朗悦耳的笑声，七班班长显然比自己更早到了办公室，正在和年级组长交谈。这一刻，孟庆原感到莫名的兴奋，甚至有点儿暗自高兴。

　　"你好呀，我是孟庆原，很高兴再次见到你！没想到你也是班干部，这次正式自我介绍一下。"他戳了一下她的手臂，伸出手谦谦有礼地说道。

　　"哈哈，是你呀，歪领子同学？今天不错，领子没有歪！叫我茜茜就可以了。我还以为是我的初中同学俊龙或者稀子来呢，没想到是你，以后多多指教！"茜茜同样谦谦有礼，更带有一丝活泼愉悦的气息。办公室的氛围一下子活跃了不少。

　　此后，孟庆原和茜茜都被选成年级干部，双方在学生会又都担任要职。因此，每天交流工作、分配任务等总要见面，两人也日渐熟悉，从工作上的好伙伴，变成了学习中的好同伴、生活中的好玩伴。当然，两人的契合也与双方的互补高度有关：茜茜擅长文科，庆原则是理科的好手。每天工作交流之余，学习上的互帮互助自然也就顺理成章，这样才能既保证完成学生会工作，又确保学习上不偏科，他们的成绩始终名列前茅。在每天的互动中，两人也开始分享彼此的心得体会、见闻感受，变成了无话不说的知己。

一天午休时间，茜茜正在七班教室里整理上午的课堂笔记，由于自己身高的缘故，她已经习惯坐在班级的最后几排了。而这一周，茜茜刚好轮到坐在距离走廊边最近窗户的第一组位置。夏日炎炎，每个班级都开着空调，门窗紧闭，女生一般怕冷。特别是到了生理期，再加上出风口就在座位上方附近，茜茜打开了身旁的窗户，不仅可以调节一下室温，学习时间长了，抬头望去，刚好能看到外面的走廊及植被。偶尔还能跟路过的朋友打个招呼，顿感心旷神怡，也放松许多。

这时，一个高个儿大男孩拿着一本书朝茜茜这边飞奔过来。此刻她正埋头苦干，只是余光扫到一下，并没有特别在意。男孩见教室门是关着的，但靠着走廊的课室后排窗户开着，说时迟那时快，他右手撑着栏杆，借势纵身一跃，跳进了七班课室……这可是三楼啊，虽然走廊和窗户是紧挨着的，但中间还是有一小块悬空的距离。不管怎么说，男孩这么干还是有安全隐患的，要不是特别紧急，想必没人会这么冲动！

如此折腾引发的动静让茜茜抬头望去，可还没等她反应过来，已经坐在她一旁的孟庆原开口说道："茜茜，这本书太棒了！强烈推荐，这是我近段时间看过的最好的一本了！刚看完最后一页，就赶紧拿过来给你分享，真的要看一看，里面很多地方值得深思……"

"庆原，谢谢你的推荐。再好看，你，你，你，你也不能那么拼吧？以后别翻窗了，危险！万一……"茜茜欲言又止。

"没有什么万一！"庆原秀了秀自己胳膊上健硕的肌肉，"刚才确实有些着急了，估计是想快些和你分享吧，就没想太多，以后一定注意"。他有些不好意思地挠了挠后脑勺，腼腆地笑言。

这是孟庆原推荐给茜茜的第一本书，他一直记忆犹新，毕竟从这本书的交换传阅开始，他们的关系又进了一步。他虽然理科更好，但在她的影响下，也开始尝试把自己的观点、想法用文字记录下来。两人在学习上相互帮助、共同进步，又彼此分享推荐好书、好电影。

像《一周的朋友》里的男女主一样，这天孟庆原选择了一本带锁的粉色硬皮记事本，他稍稍俯下身，双手毕恭毕敬递到茜茜面前——"茜茜，咱开始写交换日记吧！把平日自己的所见所闻写下来，每周换一次，也可以给对方的感受来个批注什么的。你看，可以吗？"

茜茜没有犹豫，点点头，心里乐开了花。显然这也是她的想法，两人一拍即合，越来越默契了。

在之后的日子里，孟庆原和茜茜每周写交换日记似乎成了一项要完成的神圣使命，两人都非常认真地对待这个本子上的每一个字、每一幅图。每次的交换还特别神秘，生怕别人看到。也就是在这个节骨眼，他们每次"接头"交换，都会被麦特稀、俊龙抓个正着，随之而来的便是一通起哄、打闹和对两人亲密关系的调侃。没想到后来，这竟成为一种默认的兄弟间的放松方式了……

孟庆原和茜茜都不属于张扬的人，所以才会用交换日记的形式表达与分享彼此的感受。哪怕日渐成熟，两人依旧比较害羞：像偶像剧那般在公开场合向对方表明心意，恐怕是谁也做不出来的。或许还是这种隐晦的方式更适合他俩——直到在交换日记里孟庆原写下"You are my girl!"时，这份心意才有了一个正式、明确的表达。

茜茜看到这句话时瞬间脸红，毕竟之前还没有被如此正式告白过。她一直不喜欢电视剧中众目睽睽下男生向女生单膝跪地表达爱意的方式，她认为这就是道德绑架！当然，茜茜知道自己没经历过，没有发言权。显然当下这种表白方式，她更能接受。加之自己对孟庆原很早就有好感了，机缘巧合认识后，关系越来越近。茜茜的回复也很用心，她画了一颗红心，并没有写其他内容，她觉得这样的回应，对方一定能够明白。

第一学期期末考试结束，两人成绩都进了年级前五十，在深希中学这种省一级重点中学里，这意味着继续保持这样的学习状态，孟庆原和茜茜是可以冲击清华、北大的。每次两人在走廊擦肩而过时，都会相视一笑，别提多默契了。身旁的俊龙总会前仰后合般调侃他们，大家的压力似乎在这一刻得到了释放。

假期开始了，暑期档电影陆续上映，孟庆原鼓起勇气向茜茜发出了观影邀请，他心里清楚，倘若不是日记里那颗红心，胆怯的他一定不敢约她。

电影《偷天换日》是两个人都喜欢的题材，也是他们俩一起看的第一部电影。多年以后，和麦特稀雷同，孟庆原在回忆这段过往时，早已忘记电影本身的具体内容了，哪怕他之后又看过几遍，唯独印象深刻的，是在影院中与茜茜的每一次互动、对望与耳畔私语。

原本就没有很多影院观影经历的孟庆原，坚持说坐后排感受不到较好的视听效果；见前排有空位，故在熄灯后，还非要和茜茜往头几排坐！摸索着下楼梯的时候，茜茜差点踩空，她不自觉一把拉住庆原的手臂，手又突然如触电般缩回去。由于没站稳，又没有搀扶，差点又要向前倒下，还好庆原一把拽住茜茜的手臂，愣是给拽了回来。刚站稳，茜茜只觉脸像发烧一样滚烫，紧张得不行。此时，茜茜的右手揪着庆原的衣袖，他们小心翼翼地从最后一排走到头几排坐下。

仰头观影的感受，别提多难受了！茜茜耳朵被音响震得快受不了了。

"你冷吗?"孟庆元搓搓手,小声靠近询问。

"有一点儿。"茜茜小声回应。她并没有抱怨的意思,只是有点儿紧张。

"我的错!怪我!怪我!没想到你旁边就是个出风口!那么这样会好一点儿吗?"孟庆原一边紧张地说,一边用自己的左手猛地握住了茜茜的右手,然后十指紧扣。影院的凉气十足,两个人都多少有些冷,但内心迸发出来的暖意,让手上的冰凉不再。茜茜整个人有点发蒙,第一次被人这么牵手。她用左手时不时轻轻捏捏右手,想缓解一下右手的麻木感。由于一直仰头看屏幕,她还用左手扶着脖子左右晃晃、前后转转。

"怎么了?"孟庆原关切地问。

"没,没怎么……"茜茜略带害羞地回答。

两人就这样仰着头牵着手,直到影片播放结束。

在送茜茜回家的路上,他俩有说有笑,似乎又回归了日常的状态,并肩走着,手指又在不经意间触碰了好几回,但始终没有牵在一起。或许这就是他们之间懵懂、青涩的爱的表达。

平日里,茜茜喜欢去篮球场看庆原打球。她喜欢远远地看着,静静地坐着,等着庆原偶尔望向自己,然后四目相对。两人没有任何动作,也没有任何语言;一个眼角上扬、嘴角上翘、头微微一侧或者眼睛用力一眨的小动作,在他俩看来,已是甘之如饴。

时间一晃就过去了,每年最精彩的节目莫过于学校一年一度的校运会。孟庆原铁了心要在跳高这个项目上有所作为，平日训练特别刻苦，无论是行动上还是精神上，茜茜都给予了庆原很多鼓励。谁曾想到天意弄人，比赛前三天，在一次试跳过程中，孟庆原失去了平衡，狠狠地摔了下来，导致严重受伤。退赛吗？之前的努力付出不就白费了？可现在这状态，很难发挥出真实水平，如何是好？

纠结中孟庆原选择坚持参赛，比赛日那天，稀子和俊龙都来到现场支持自己的好兄弟。茜茜费了很多口舌，才让老师同意茜茜去做跳高赛场裁判员助理，这样可以近距离看庆原比赛了。

起跑、绕弧线、发力一跃、身体保持水平、挺腰收腹抬脚……孟庆原重复着动作要领，可惜伤病在身，他此刻忍痛硬跳，根本没有平日一半的水准，连起始的一米六都没过，而且由于着力点没踩实，直接摔出了垫子，身体落在远方，整个过程让人看着都疼。庆原抱着头，一副很难受的模样，身边的同学朋友立马聚了过来，大家纷纷表示关心，担心庆原出事。大家一股脑地围向庆原，连稀子和俊龙俩兄弟都插不进去，只能在那里干着急。

着急的自然还有茜茜，她立马愣住了，看着一圈圈嘘寒问暖的女同学向庆原投去关怀、担心、牵挂的目光，以及行动上的不断表示，她不知道自己还能做什么？他一直那么受欢迎吗？他对自己的好，是否对别人也会有差不多的表达呢？茜茜心里的醋坛子被打翻了。她望向孟庆原的那一刻，心里特别不是滋味。她不知道庆原有没看到自己正望向他。现在的茜茜似乎什么也做不了，只能眼巴巴看着，心里五味杂陈……

在一个喜欢长发女孩的年代，茜茜一头短发，高挑的个子总让人误以为她是个男孩子。日记本上的那句话，让她第一次觉得自己也可以被人欣赏。茜茜当时特别希望，他能像第一次回首时一样。这一次他的目光能越过人墙，依然只看到她。

"校运会事件"只是一个开始，虽然之后孟庆原和茜茜依然保持着和过往差不多的互动，但他们之间确实也产生了不大不小的裂痕。茜茜开始留意庆原身边出现的朋友，这是她过往不曾留意的。女生很敏感，也有着很准的预感，自那之后她确实有意无意地展现自己的情绪。起始孟庆原心里真的只有茜茜一个人，但他乐于助人，对于他人，特别是女生的请求，近乎从不拒绝，有时候一些不经意之间的互动本来没什么，不过若正好被茜茜看到了，难免会产生误会。

那一天，孟庆原在日记本里藏了一个蓝色的蝴蝶发夹，因为茜茜喜欢蝴蝶，尤其偏爱蓝色的蝴蝶。她多次在发表的文章中借蝴蝶的形象，探讨生命的意义。发夹很精致小巧，是庆原精心挑选的，他喜欢，也希望茜茜喜欢。虽然在学校无法佩戴，但他希望茜茜能在下次约会时戴上。

以成绩下滑为由，茜茜停止了与孟庆原的交换日记，这似乎也是对他的一种"示威"！茜茜并不理解庆原的举动，没有领情，连问都没有问为什么送她这个蝴蝶发卡。她只觉得跟自己假小子的形象不符合，平时佩戴的机会少，就把这个发卡还给了孟庆原。

"我不要你的糖衣炮弹！"莫名其妙、突如其来的一句话让庆原感到很难过，他不知道哪里做错了，但又好像觉得哪里都做错了。

没有经验的庆原不知其所以然，身边的两个死党很忙，都有各自的事情。他无人咨询，心中虽有不悦，但无法道与人知，于是依旧我行我素。

青春期的女孩既敏感又喜欢斗气，茜茜开始刻意疏远庆原，说白了还是希望他真正重视自己的感受。有几次在饭堂，孟庆原打了饭想坐在茜茜对面，她都故意走开，不和他说话。庆原只能坐在她对面，两人隔了好几张大饭桌，这样抬头的时候，还能看到茜茜。

茜茜其实很想跟他说话，但每次都鬼使神差地躲得远远的。她其实就是想要要小脾气，想惩罚下庆原，想让他多关注自己，却没曾想也伤着了自己。谁料庆原还送她一只蓝蝴蝶，茜茜越想越气，越想越不理解。她想告诉他为什么，又害羞得说不出口。她无数次想问庆原发生了什么，又觉得自己没有立场。只有那一次牵手，只有日记里的一句话，她不知道这算不算他真的喜欢自己，更不确定这算不算一段姻缘的开始。

明明已经越走越近，却因为这些不明不白的小误会，两人本就青涩懵懂的感情，不仅就此停滞不前，甚至还有一些倒退的迹象……随着学业的日益加重，两人私下联系变少；可年级干部之间工作上的交流还是有的，所以两人每次见面气氛都有些怪异……这时候，麦特稀在北京进行着术后康复，俊龙也接到了省队多次下发的通知，让其准备离开学校开始职业运动员的生活。三兄弟聚首的机会都愈发少了，又哪里会有精力顾得上这样的事儿呢？这种尴尬微妙的关系持续着，直到茜茜在朋友口中得知孟庆原不参加高考，学期结束后就将奔赴澳大利亚墨尔本。

这天午后，茜茜吃完饭走在回教室的路上，孟庆原迎面而来。这一次她没有再故意躲闪他注视的目光，但也没有迎着他走过去，而是一直看向他，水灵灵的眼睛里似乎正释放着什么信息……"茜茜，刚吃完饭吗？"庆原主动搭话，缓解尴尬。

茜茜用力点点头，望向比自己高半个头的他。她内心挣扎，希望他能把这个重要的决定亲口告之，而不希望总是在别人那里得知他的信息；可她又非常紧张，生怕对方真的说了，自己不知如何回应，她心里是不舍得的。

"这个……这个……"吞吞吐吐之间，孟庆原并没有说出茜茜心中所想。或许他觉得不应该在这里对她说，想找更好的环境、在更恰当的时机再和她说这个重要决定的前因后果，他话锋一转，"你知道吗？下午学校礼堂有一部师兄执导拍摄的反映深希中学学校氛围的纪录片要公映，这部片子好像是有发行号的，届时是有机会在电影院上映，要一起去看吗？"

茜茜怔了一下，万万没想到庆原会说这件事，作为学生会干部她能不知道吗？茜茜还要负责其中一部分宣推工作呢。"哦，谢谢告知，我和朋友约了，会去看的，到时见。"明明不想那么快就结束话题，但茜茜的腿不听使唤般向前迈了出去。两人以非常礼貌的形式结束了对话，哪怕心里都充满了不甘。

下午临近纪录片公映开始前，茜茜拉着闺蜜快步进入礼堂。她一眼就看到孟庆原坐在第三排的位置，她则在第四排他的正后方的空位处坐下，如此就可以一眼看到他！两人很久没有说话了，好不容易破了冰，竟然只说了些无关痛痒的话。"到底要怎么样嘛？"茜茜的内心一直挣扎着，特别是每次抬头观影时，余光都能扫到庆原，这种滋味真不好受。

不一会儿，影片里播放学生会干部身先士卒，主办并亲自下场办晚会助力公益活动的画面，其中有一个茜茜跳舞三秒钟的定格特写。

就在此时，孟庆原突然回过头望向茜茜，显然他知道她坐在他身后不远的地方，并用手指指向她，"是你吗？"庆原口中念念有词。由于观影过程中不能发出声音，所以孟庆原只是做了相应的口型。

茜茜抬头便望见了他的举动，也明白他在说什么，隐约点了一下头，两人就这样对视了一会儿。随即孟庆原又拍了一下胸口，接着用手指向茜茜，默念，"我有话想跟你说！"茜茜只是冷冷地看着。他重复了好几次，以为对方明白了他的意思，又转过头去继续观影了。

"有话跟我说？又是顾左右而言他吗？如果是那个重要的决定，为什么不是第一个跟我说，而是现在才来告诉我？为什么是跟你的异性好朋友们都说完了，才来跟我说？为什么我要排在她们所有人的后面？为什么要看完有我出镜的纪录片才跟我说？"茜茜又开始胡思乱想了，越想越偏激，越想越生气。纪录片的内容她完全没有看进去，一直处于胡乱琢磨的状态。"我不要听，我不想听！"茜茜心里嘀咕了一句，轻轻起身，回望了一眼正在与身旁同学交头接耳的孟庆原，安静地从后门离开了大礼堂。

观影结束，孟庆原第一时间起身转头，却发现茜茜的位置空了。他有些惊诧。"怎么了？刚不是答应了吗？为什么不等我就先走了？还是她根本不愿意给我一个好好解释的机会？"

孟庆原的计划彻底泡汤了，原本他想去第一次与茜茜相见的体育场一角，完完整整把自己要提前出国的消息及原因和盘托出，并祈求得到茜茜的理解，大家重归于好。只不过似乎一切都太晚了，茜茜没有打招呼就离开了，这似乎就是给予他的最后答案了。是这样吗？当天彻夜未眠的孟庆原，始终在纠结这个问题，却没有再次向对方求证的勇气。

不能违抗家里的安排，在观影后的几天时间里，孟庆原用最短的时间收拾好了学校里的东西，和同学、老师、领导告别，随即开始了远赴澳大利亚求学的日子。不知道是机缘巧合还是天意所为，仅剩的几天，两人没有机会见面。大家也没有任何交流与表达，似乎他们的故事就这样无声无息地结束了。随着校园电影的落幕，这段感情也落下了帷幕。

本来他以为，未来两人可以继续网上联系，哪怕是异地恋，他也希望争取一下……

大礼堂里，茜茜起身离开时望向孟庆原的那一眼，竟然成了自己在深希中学与他的最后一次交集；而孟庆原转头望向她的那一眼，却成了一生的遗憾……

十多年过去了，两个人没有再见面，甚至也无交流。从朋友口中，庆原得知茜茜去了加拿大，已成家，现在有一个两岁的可爱儿子；茜茜也在不经意间得知孟庆原结婚成家的消息，依然在墨尔本生活。两人并没有互相送祝福，哪怕在午夜梦回时经常梦见，但还是把这份感情深藏心底。

天刚蒙蒙亮，"饱饱三兄弟"的"叙旧局"聊了一通宵。俊龙取车送麦特稀回家，孟庆原则独自一人走在清晨的街道上。不一会儿，手机铃响了，"老公，去哪里了？不会一整晚都没睡吧？"

"亲爱的，宝贝，我们刚聊完，俊龙送稀子回去了，我买了早餐就回来，你等我就好。"孟庆原说完后挂了电话，双手插进口袋，继续漫步在清晨的街道上。

　　太阳慢慢升了起来，街道逐步被照亮，零星的车辆驶过，空气清新，仿佛能闻到身旁大树上树叶的清香，这显然又是一个大晴天。此时的孟庆原一边走着，一边望向天空，稍微用手遮了遮刺眼的眼光，内心的翻腾也归于平静——茜茜是这辈子第一个让他心动的女生。他们曾经无话不谈，是彼此的灵魂伴侣。但想来，他们也只有短暂的相处，甚至可以认为他们根本就不算在一起，这段感情也算不上真正的初恋。

　　与孟庆原第一次相遇，他的那个回眸，让她一眼万年。这一恋，情深缘浅……

　　一掌之握，一心之房，揽君衣袂，纸短情长……

# 番外二　放肆的爱

深希中学室内游泳馆，50 米标准比赛泳池，一年一度盛大的校际游泳大赛正如火如荼地进行着。"饱饱三兄弟"中饱龙是学校游泳队的主力，每年到这个时候都是他大放异彩之时——200 米混合泳的冠军是高一（六）班的俊龙，请运动员即刻到主席台参加颁奖仪式。

一身鲨鱼皮泳装、修长健硕的身材伴随着精致的五官，饱龙路过在一旁观赛的两兄弟与他们击掌庆贺之余，一把接住稀子递来的运动服，准备换上去领奖，同时指向饱原低声说："孟庆原你看好了，麦特稀你也别看走眼！一会儿本天才至少还要再上三次领奖台！"信誓旦旦说完后，俊龙比了一个三的手势，随即径直向主席台走去。

专门请假过来观赛与助威的两兄弟此时对视两秒，忍不住又笑得前仰后合了！"这小子太自恋了，这样下去谁也受不了！"孟庆原一边捧腹大笑一边抱怨，麦特稀倒是见怪不怪了，"算了，每年这个时候他都嘚瑟，毕竟有这个资本嘛，这里就是他的大本营"。

最了解俊龙的莫过于他俩，在深希中学，俊龙长短距离游通吃，各种泳姿都擅长，单人接力都不掉队，如此神一般的存在，让这名帅小伙收获铁杆粉丝无数。只可惜这小子眼光也高，对理想中的另一半总是高标准、严要求，比如说女生身高一定要超过172.9厘米，还有其他莫名其妙的条件……由于这些条条框框的限制，目前俊龙还没有找到心上人，但他看到好兄弟们与女朋友出双入对时也不会羡慕，爱出风头的他总会说自己的真命天女明天就会出现，时常把大家逗乐。不过，每次站在泳道上，俊龙确实能散发出一种不同凡响的魅力，总能证明自己的价值，就和他曾经代表国家参加亚运会并夺取奖牌的父亲一样。因此大家总是感叹：家族遗传真是个好东西啊！

脖子上挂着四块沉甸甸的金牌，俊龙神清气爽地从主席台向更衣室走去。今年的校际游泳赛，这名生力军再度大放异彩，成为全场的焦点。沿途虽短暂，但不时有同学、老师向他表示祝贺，俊龙一一礼貌性回应，心里可谓乐开了花。走到转角处，突然闪现两名女生，由于一高一矮的身高差显得格外惹眼，略矮的女生似乎特别激动，她拿着一张校际游泳比赛的官方宣传海报和一支签名笔，上前就说："恭喜你呀，俊龙同学，每次表现都那么出色，能帮我在这上面签个名吗？我很喜欢你，继续加油啊！"

"好的，好的，感谢你的支持，我会继续努力的。"俊龙稍微怔了一下才缓过来，毕竟道贺的朋友挺多，但像这样上来就要签名的，还是比较少见，自己不是明星，显然不适应这种形式的道贺。海报挺大一张，一个小女孩儿肯定拿不住，就在俊龙接过笔准备签名之际，旁边那位高个子的女生立马过来一同帮忙展开，脸上不时浮现出灿烂的笑容。俊龙签名时余光瞟到了她，就是这么不经意的一瞥，让俊龙魂牵梦绕了好一阵子——只见那晶莹剔透的雪肌玉肤闪烁着象牙般的光晕，宛如一朵出水芙蓉……

她是谁？是深希中学的学生吗？我怎么从来没有见过！俊龙内心暗自琢磨，外表依然是一副淡定模样。俊龙签完名并表示感谢，两个女孩儿随即有说有笑地转身离去，没走几步高个儿女孩还回眸一笑，只留下俊龙在那里呆站了一会儿，才走进更衣室。这一天对俊龙而言，真可谓风风火火了，他所经历的事情，恐怕要好几天才能消化掉了。

俊龙是土生土长的广州人，和这个多雨的城市一样，小伙子对水情有独钟，与水结缘，是一名不折不扣的体育特长生。众所周知，在赛道上的威风并不能弥补其在学习上的不足，俊龙也是"饱饱三兄弟"中成绩较差的那个，特别是英语成绩，不知为何，似乎怎么努力都上不去！孟庆原虽总拿天赋问题来调侃俊龙，但又是在学习上帮助他最多的那个。真的是天赋问题吗？两人常常为此烦恼不已。

最近，深希中学为全面提高高考名校录取率，在学校里开展了一个大型互助式的学习体验活动。此番校领导认为要彻底放开思路，不拘小节，大胆打破年级界限，成立的互助小组刻意跨年级而存在。年级高的学长学姐在课余可以走进低年级，在帮助学弟学妹答疑解惑之余，温习曾经的知识点，增进不同年级学生间的互动，可谓一举三得。最终学校决定活动先由英语这门科目开始，呼吁大家积极报名。

"不管黑猫白猫，能抓着老鼠就是好猫。"孟庆原一边看通知，一边对着俊龙说："赶紧报名，这可是千载难逢的好机会！"俊龙点头称是，迅速报了名。但不曾想到的是，就在第一次活动时，俊龙走进阶梯教室第一眼就看到了之前在游泳馆见到的那个让他魂牵梦绕的女孩儿。两人对视了一秒钟，然后目光又匆匆移开。

什么？她也来参与这个活动吗？她的英语也跟我一样糟糕吗？我们有机会分到一组吗？这样不就可以认识了吗……俊龙内心一下子蹦出五六个问题来，并暗暗做了决定。在分组的时候，俊龙才知道她是高二年级的师姐，高自己一个年级，难怪之前没怎么见过。她是英语学科拔尖的学生，这次是响应校领导和老师的号召，过来帮助师弟师妹们提升英语成绩的。俊龙可以说是想尽一切方法，让自己进入了由八人组成的英语互助第三小组，高个子女生恰巧是这一组的组长。大家相约隔天下午在学校的自习室，开始第一次活动。俊龙有一种如愿以偿的满足，而且能因此提升自己的英语成绩，真是美滋滋啊！开心的他一夜未眠，以至于第二天上午的课，昏昏欲睡。

"大家好，欢迎各位来参与英语互助小组第一次活动，大家不要拘谨，叫我蔓蔓就可以了。"见到女神的俊龙顿时有了精神，他总算知道了她的名字，两人在活动中也有了第一次互动。

"俊龙，我看了你近期的英语成绩，其实你不是学不好，只是不稳定，分数总是时高时低，应该是学习方法问题。如果方法对了，搞不好和你游泳一样厉害呢！"蔓蔓望着他说。

"真的吗？哈哈，你还记得我，我以为你都忘了呢。蔓蔓师姐，你说的话，我们老师，还有我的朋友都说过，但什么是正确的方法呢？我一直摸索不到。"俊龙似乎有些着急。

"别急哈，之后我会告诉你一些我学英语的经验，希望对你有用。"

"哇，太感谢了！"俊龙立马说道，喜上眉梢。

学习互助小组一周三次活动，一次 2 个小时左右，一般会有一次安排在周末，或下午，或晚上。蔓蔓作为组长义不容辞，每次必到，非常负责；俊龙则是最积极的学员，每次几乎都是第一个来最后一个走。所以，有时候如果是晚上活动结束，时间稍微会有些晚，俊龙都会主动承担"护花使者"的职责，送蔓蔓师姐回家。在路上，他们自然会聊一些与学习、与活动无关的内容，两人的关系也因此越来越近。

"现在游泳训练还累吗？见你每天都去，吃不吃得消啊？"

"还好，师姐，我都习惯了，而且我真的非常喜欢水，有时候一碰到水，就会有种莫名的兴奋，看来我天生就是干这行的，哈哈！"

"一直以为你是那种酷酷的人，上次陪小娅去找你签名才感觉不是，现在接触下来还真不是呢，妥妥的阳光大男孩！"蔓蔓边说边笑，两人也时不时开玩笑、打趣一番，现场氛围立马变得轻松活泼起来。蔓蔓内心对这名总在对着自己笑意相迎的师弟，也越来越有好感。由于性格使然，蔓蔓喜欢性格开朗、阳光的男生，平时虽不乏追求自己的异性，但她都没有看上。倒是眼前这个男生，身上有着一股与众不同的气质，相处下来让人轻松、愉悦，这是蔓蔓从未想过的。

经过一段时间的互助式学习，俊龙的英语成绩在月考中得到了显著提升。当然，互助小组其他需要帮助的同学成绩也均有明显好转，这种互助式的学习体验备受好评。到了期中考即检验成果的重要时刻，意外发生了！俊龙的英语成绩又出现了起伏，明明前几个月稳步提升，何曾想到期中考试时又将其"打回原形"了——刚过及格线，明显低于年级平均分，这样的成绩显然不能让人满意，难道是发挥失常？俊龙不明白为何会这样，自己就真的不是学英语的料吗？

蔓蔓得知这一消息也倍感意外，在确认了俊龙本人没有因为身体原因影响考试后，她毅然决定要专门给他"开小灶"，必须彻底解决他在英语学习上成绩不稳定的顽疾。这天放学后，已经熟络成朋友的两人相约必胜客欢乐餐厅。在角落的位置简单吃完晚餐后，俊龙拿出期中考试卷，蔓蔓非常耐心，一题一题帮他重新过一遍知识点，然后举一反三地告诉他应该如何应对相似的情况。只属于两个人的学习互动持续了两个半小时，俊龙在看题、读题、写题的过程中总在不停点头，双方不时用英语进行交流，直到餐厅快打烊，他们才结束。随后，俊龙还像过往那般送蔓蔓回家，而且有了一个新的约定：从即刻起，每周找专门的时间，蔓蔓对俊龙进行有针对性的一对一辅导。师姐似乎在与师弟的互动学习过程中，体验了一把当老师的感觉，关键是她一直乐在其中，非常沉浸与享受。有时蔓蔓还会一周"开几次小灶"，全力帮助俊龙提升英语成绩。

随着两人关系的日渐熟络，这种补课性质的互动持续了超过一年的时间，甚至连之后互助学习小组活动停了，他们的一帮一约定依然持续。毕竟高一届，到后来蔓蔓不仅仅是英语，其擅长的所有文科，甚至一些理科问题，只要俊龙不懂的，他都会第一时间找她。那个节骨眼，除了父母、朋友和教练，蔓蔓是俊龙平日接触最多的人，其亲密关系早就超过了"饱饱三兄弟"了，真让人有些不可思议。当然，他的成绩也愈发稳定和向好，甚至在一次大考中历史性地进入了全班前十。对于体育特长生而言，这在过往是不可能出现的事情，因此它也成了两人坚持下去的最大动力。

"答应我一件事好吗？蔓蔓。"

"怎么了？你说！"

"如果我这次期末英语成绩没有大的波动，你能送我一个小礼物吗？"俊龙有些紧张地问。

"好！什么礼物？"蔓蔓此刻笑着望向这个英俊的小伙子。

"现在还不能说，你答应就好！我一定拼命学！"俊龙没有开玩笑，非常认真地看着蔓蔓的眼睛说。

蔓蔓点了点头，示意他认真做接下来这组题。

期末成绩单下来的当天，俊龙拿着试卷几乎是第一时间冲向蔓蔓的教室。看着乐坏了的俊龙，蔓蔓充满成就感，也欣然答应了俊龙放学后共进晚餐和复盘试卷的请求。必胜客真是个好地方，在这里学习的客人顾名思义都是必胜的状态，考试自然无往而不利啊！

晚上9点刚过，必胜客餐厅的顾客走得差不多了，蔓蔓和俊龙也讲完了期末考卷上的试题，准备结束今天的学习。

"蔓蔓，你说过我考好了就答应我一个条件，你可以做我的女朋友吗？"尽管内心紧张得不行，但俊龙还是鼓起勇气，望向蔓蔓，说出了深藏于内心许久的话。

蔓蔓怔了一下，感觉整个人有点发蒙，她没想到俊龙会在此刻突然说出这样的请求。不过她自己心里很清楚，或许外人也都看在眼里，如果不是对这个男生有好感，她所做的一切，又怎会坚持那么长的时间呢？

"我喜欢你很久了，蔓蔓，从在游泳馆第一眼见你就开始了！这个请求才是我最想要的礼物！"说出这句话的同时，俊龙将头慢慢靠近蔓蔓，亲了一下她的脸颊……

天啊！一切来得那么突然，却又似乎是在情理之中。蔓蔓只是觉得还没做好准备。

"蔓蔓，你是觉得我不配吗？"俊龙看对方没有回应，似乎有些着急，蹦出这样一句有些带刺儿的话。

蔓蔓还是没有说话，她下意识地摇了摇头。

蔓蔓害羞地轻轻"嗯"了一声。从这一刻起，俊龙和蔓蔓正式在一起了。

热恋期的小情侣总是恩爱有加，一日不见如隔三秋，更何况蔓蔓和俊龙都属于偏外向性格的人，有事藏不住，有感情一定要表达。自己的好朋友麦特稀还在北京康复未归，俊龙只能把这件大事向另一位好朋友孟庆原倾诉。据说，庆原当时听得一愣一愣的，完全是一种不可思议的状态，但后来还是大方送出了祝福。

除了嘘寒问暖，两人在学校也是大大方方地走在一起，一同去图书馆学习，一同去游泳馆训练，对他人的言论与目光毫不避讳。高中时期的恋爱没有错对，也没有好坏，有的只是不同性格的男孩、女孩对爱情的不同的表达方式而已。

这天是月考放榜的日子，俊龙出人意料又比之前的排名进了几位，为此班主任在课堂上表扬了他，也是勉励更多同学向俊龙学习。他喜上眉梢，立马把好消息发信息告诉了蔓蔓。得到的回复竟然如出一辙，的确让人惊艳，"什么？又进步了？进前十？你说巧不巧，我们也是今天出月考成绩，我也比上次进步了，也进了前十，你是第几？"

"七……"

"七！"

两人近乎异口同声喊出"哇"来，纷纷引来周边同学行注目礼，不过这也太巧了，俊龙和蔓蔓尽管不在同一个年级，但月考竟然同一天出成绩且同时拿到全班第七的名次，世上还有比这更巧的事情吗？

俊龙本想下课跑去找蔓蔓，面对面分享两人的喜悦，不料老师拖堂了，等真正休息距离下一节课不到3分钟了，上楼下楼肯定是来不及了。于是，他走到教室外走廊的半圆阳台上朝楼上看，让人意想不到的是，此刻蔓蔓也正在斜上方的小阳台处往下看，两人在这一刻竟然默契般对视了！两人不约而同地给对方画了个心形，这是心形氧气。不少同学都看到了，纷纷捂嘴笑。但俊龙和蔓蔓才不理会，此刻他们的眼中只有对方。相比面对面说一些情话，仿佛这种方式更让人记忆犹新，这才是高中时期的爱情该有的样子。

在之后的日子里，他俩完全成为羡煞外人的一对璧人。每次去训练，俊龙的习惯是换好游衣后为了保持体温，穿一件外套进场地。他习惯每次在训练比赛前把外套递给在场边看着他的蔓蔓，似乎是向全世界宣布——这是我的女孩儿，你们谁也不许惦记！在平日的互动中，俊龙时常帮蔓蔓捋捋头发，蔓蔓帮俊龙整理衣服……

周末学习、训练结束过后，他们也会一起逛街、吃饭、看电影，相处很是甜蜜。虽然都是彼此的初恋，但他们在各个层面的匹配度极高，默契度也是越来越好，除了天生一对，不知道还有什么词汇可以准确形容他们。后来，双方家长都知道了，但他们都十分开明，看到彼此成绩上的进步，不仅默认了这段关系，而且对对方给予高度的认可。因此，两人你侬我侬，情意绵长……

每一个爱情故事都不会一帆风顺，特别是高中阶段的，总会遇到各种意想不到。俊龙学业压力逐渐变大，但并没有影响其在游泳赛场的精彩表现。蔓蔓毕竟是尖子生，有底气，即便进入高三，一切也都能坦然面对。两人的爱情稳步发展。在参加完一年一度的省运会后，斩获同年龄组两项冠军一项亚军的俊龙，忽然收到了教练的通知：原来自己被省队的教练相中了，即刻起要去省队报到，备战亚洲青年锦标赛，这可是进国家队的大好机会，这也是俊龙一直的梦想。但这一步一旦迈出，也就意味着俊龙要暂时放弃学业，放弃高考，真正开始走职业运动员的道路了。与此同时，到省队训练的节奏肯定很快，即便有休息时间，也不可能天天见到蔓蔓，紧张的时候可能一两个月才有机会见一面，这可如何是好？一边是爱情，一边是梦想，他两边都不愿意耽误！

　　蔓蔓心里虽然也有不舍，但还是鼓励俊龙去省队实现自己的梦想。她喜欢细水长流的爱情，两情若是久长时，又岂在朝朝暮暮。这天，送俊龙进入省队的不是他的父母，而是蔓蔓。两人依依惜别，俊龙发誓要用最好的成绩回报蔓蔓，回报所有支持他的人。

　　竞技体育的竞争很残酷，在学校里一向威风八面的俊龙，当惯了第一，一到省队才真正明白一山还比一山高。省队高手云集，大家的差距都在毫厘之间，稍微走一下神就有可能被超越。俊龙的成绩不再是一枝独秀，他深刻感受到了与过往的不同，也真正体会到了压力。不确定是压力使然，还是见不到蔓蔓没了动力，在一天一个大测验的挑战下，俊龙的状态大不如前，没有了在省运会上一往无前的那股劲头，成绩每况愈下。教练、领队对纷纷找他谈心，他也意识到了自己的问题。

　　省队最终只有三个名额可以推荐进国青队参加亚洲青年锦标赛。倘若在比赛中有所斩获，国家队里将妥妥占据一席之地。原本在这三人候选名单中的俊龙，成绩渐渐被后来者追上……他最终被省队退回到深希中学，必须重拾学业，暂时无法成为一名职业运动员了。

　　沉重的打击让俊龙差不多一个月才算缓过来。已经读大一的蔓蔓近乎天天跑大半个广州来看他。在这个年纪遭遇这种重大挫折，俊龙确实需要一段时间才能从一蹶不振中走出来……

况且之后摆在他面前只有两条路：复读一年或者硬着头皮直接参加应届高考！

毕竟落下超过一个学期的课，即便进省队训练的经历可以让俊龙在高考中加分，自己的考分压力不是那么大，可迎难而上直接冲刺当届高考，确实不是一个可以轻易做出的决定。几经考量，最终俊龙还是毅然决然选择不复读！除了因为年轻，想要拼搏一次外，最重要还是因为蔓蔓，他不想自己和她有两个年级的学业差距。他觉得倘若如此，以后会有更多的麻烦接踵而至，还不如现在拼一拼，始终保持一年的差距，更好地维系这段来之不易的爱情。

"既然你决定了，龙，我会全力帮助你的！"蔓蔓信誓旦旦地说，在他心里，不管俊龙做出怎样的决定，她都会义无反顾地支持。

在之后的一年里，时光仿佛又回到了两人在必胜客餐厅里一起学习的日子，亲密无间之余更多的是蔓蔓对俊龙用心的鼓励。俊龙也把自己落下的学习进度一点点追上，展现了赛场上的那股不服输的劲头。临近高考的冲刺的那段日子里，蔓蔓甚至选择帮俊龙全天梳理、温习知识点。有时晚上直接留宿俊龙家客房。这一次，两人可真的是都拼了！

功夫不负有心人，俊龙高考非常顺利，他在经历挫折后并没有复读，赶上了原本的进度，再加上有体育特长生的加分，成功考上了自己的第一志愿，和蔓蔓读的是同一所大学。

当俊龙拿到录取通知书时，那种兴奋劲儿根本无法用语言来形容，特别是想到自己之前经历的坎坷以及之后付出的一百二十倍的努力，这些日日夜夜的煎熬，总算获得了圆满的结果。然而这一切，要是没有蔓蔓的付出，绝对不会实现。情急之下他连手机都没拿，下意识迈开双腿，拿着录取通知书向蔓蔓家跑去。

"蔓蔓，我考上了！我考上了！"俊龙刚到蔓蔓家楼下，就扯着嗓子向三楼喊去。

不一会儿，蔓蔓从大门里跑出来，两人向着对方奔去，紧紧拥抱，情到浓时更是抑制不住地亲吻，伴着泪水，情绪在这一刻全部爆发！长时间的拥抱、亲吻、以泪洗面，都是两人甜蜜爱情的最好见证。蔓蔓通过坚持与努力让俊龙成为更好的人，俊龙也真正在逆境中重新站了起来，真是很了不起的经历，他们的爱情令人艳羡。

人生的经历往往就是一部悲喜叠加的交响曲，大喜过后似乎总是逃不过大悲，大家常说的看淡一切，追求不喜不悲，寻找一种平静、坦然的状态，或许就是想避免这样的大起大落。不过，年轻人的世界从来没有这一切，在俊龙和蔓蔓正肆意享受着可以在同一所大学共度甜蜜时光，可以尽情畅想美好未来的时候，令人意想不到的、对他们而言可以说是噩耗般的讯息，就这样毫无防备地袭来，让人猝不及防。

隔天，蔓蔓接到校领导的通知，说有重要事情商议，让她即刻前往系办公室。打开房间的门，里面坐着5名学院领导，投影仪上显然正在连线外国一家大学的人，这显然是在开跨国视频会议，着实让蔓蔓吓了一跳。就座后，看了桌面上的资料，蔓蔓才恍然大悟——原来自己之前递交的去苏格兰交换学习心理学课程的申请，通过了！要知道，这次机会整个学院只有一个名额。蔓蔓并不是最拔尖的那两三个人，当初报名也就是抱着试一试的心态，想着这个全额赞助交换生的机会大家一定争破头，怎么也不可能轮到自己……谁曾想到，最后综合所有条件，原先几个最有希望的竞争者条件都不如蔓蔓，形象、气质俱佳的她更适合代表学校到苏格兰著名大学进行交换。大约要去2年时间，如果发展得好可能需要待得更久。

突如其来的消息让蔓蔓有点儿不知所措，学校似乎压根儿就没想问她是否愿意去，毕竟是其本人主动申请的。事实上对蔓蔓的个人事业发展而言，这确实是一个求之不得的好机会，学成归来的她，必将成为行业内"香饽饽"；不过从她个人的感情出发，这意味着才和俊龙在一起的时光将要结束，接下来迎接他们的，不仅是分别，而且是异地恋的考验。所有之前对于两人未来美好的向往与憧憬，此刻似乎都有付诸东流、成为泡影的危险，这是爱情至上的蔓蔓绝对不能接受的！

性格本就直来直去的蔓蔓此刻内心是矛盾纠结的。蔓蔓成长于一个知识分子家庭，父母都知道这意味着什么，也理解女儿的顾虑。一生很长，从整个人生规划的层面分析，他们自然还是希望女儿选择进修。

"女儿，这是多好的机会啊，学校能够选中你，就是对你最大的肯定，必须去，没什么好犹豫的!"母亲一面整理衣物，一面跟蔓蔓说。

"我知道，但是……"纠结的蔓蔓吞吞吐吐。

"没什么但是，我们知道你舍不得俊龙，你也为他付出了很多。但现在俊龙不是已经克服困难了吗? 我们也知道，他是个好孩子，所以一直支持你们交往，但眼下是关乎你前途的大事。相信他也会替你着想，知道怎样的选择才是真的对你好。"父亲走进房间，语重心长地分析道。

"你如果不忍心开口，我们帮你说，俊龙这孩子一定能理解的。而且你们若真心相爱，就一定能够战胜时间和距离，不是吗?"母亲补充道。

"不要! 我自己和他说，我约了他今晚见面了，到时和他好好说，我自己的事情自己处理。"蔓蔓立马提醒父母，但内心依然十分纠结，她真的不知道如何对他说出口，她害怕看到他伤心失落的表情，就像之前被省游泳队退回学校一样。

该来的还得来，俊龙看到盛装出席约会的蔓蔓有些不解，"怎么穿那么好看? 有什么事吗? 早知如此我就不穿这件 T 恤了，和你的装扮不搭……"蔓蔓一边用手捂住他的口，另一只手挽住他说，"咱就去必胜客欢乐餐厅吃晚饭吧，平日常去的那家，我想尝尝新口味的比萨了"。

俊龙觉得有点儿摸不着头脑，纳闷儿为什么原先说好的海鲜大餐此刻变成了容易发胖的比萨，他感觉有些不对劲儿，但又不知道是什么，不过自己还是顺了她的意。

来到必胜客，蔓蔓有意挑选了平日经常帮俊龙补习的座位，点了平日经常吃的比萨和零食，然后时不时用炯炯有神的大眼睛盯着他，几番欲言又止。

"宝贝儿，你今天是怎么了？感觉怪怪的，出什么事了？"

她咬了咬唇，依旧摇摇头。

这时候天色忽然暗了下来，看来刚才手机信息收到的暴雨黄色预警是真的，一会儿就要下大雨了！

"你先吃，吃快点，一会儿就要下雨了。要不我们现在就走！我送你回家，咱俩别都成落汤鸡了。"

蔓蔓紧锁眉头，没有回应……

两人刚走出餐厅，轰轰轰，闪电伴随着几声惊雷如期而至，这个季节广州的天就像婴儿的脸，说变就变，马上就要下暴雨了。蔓蔓一把拉住俊龙往旁边的街心公园奔去，在花坛中心的水池边，蔓蔓驻足，把事情的来龙去脉都告诉了俊龙。此时周围一个人也没有，她一边说，一边忍不住地哭，"各方给我的压力很大，老师、父母、亲朋好友……我舍不得你，我好纠结，你说我该怎么办？"

俊龙被突如其来的信息弄得心绪有点儿乱，他似乎还无法接受这样的打击——他最心爱的人又要和他分开了，这次不是像之前自己在省队训练那样，是要出国，出国意味着他们之后所处的时间、环境都将是天地之差。他们的感情，还能继续吗？

天意弄人，两人上周才一起看了一部关于异地恋的电影，还信誓旦旦彼此承诺，绝对不谈异地恋。没想到才几天的时间，自己就要面临如此残酷的抉择！电影中异地恋的艰辛、不确定、猜忌、无事生非等桥段和画面此刻一股地脑涌过来，在他面前清晰浮现——"你为我付出了很多，没有你也不会有我的今天，我知道我不能阻挡你的大好前程，但我内心的真实想法是：可以不去吗？我不想你去"。

天开始下雨，从几滴一下子变成了倾盆的状态，两人在雨中对视，似乎有千言万语要向对方倾诉。蔓蔓突然用力紧紧抱着俊龙，口中不断念念有词，"俊龙，我不想和你分开！"此时的他感受到了蔓蔓的力量，想着异地恋可能会遇到的种种困难，也将自己的感情在这一刻宣泄而出。他同样紧紧抱着蔓蔓，不顾雨水的拍打，两人在花坛中心的位置，在雨中拥吻。

雨夜的第二天，蔓蔓踏上了求学之路。曾经俊龙很喜欢水，也确定自己与水有着不解之缘。自那天以后，他有时会恐水：泳池边的一见钟情，瓢泼的大雨，他都会想起那个夜晚，那份真情。蒙蒙细雨时，都化作男孩对女孩一丝丝的想念，一声声的祝福。

人生漫长，总会有一段爱让自己刻骨铭心。俊龙在和怡君结婚前，道出了自己的这段初恋，这段在旁人看来张扬、勇敢的爱，在他内心的的确确留下了最深的烙印。直到怡君的出现，这个真正从内心理解俊龙的女生彻底融化了他，也让他愿意安稳下来。怡君非常理解俊龙，也真正让自己走进了俊龙的心里。听着俊龙的过往，她并没有表现出吃醋的模样，摸了摸俊龙的头，说了一句"我都懂！"一切变得平淡释然。

在阳光灿烂的日子里，俊龙漫步街头，偶尔会抬头望向天空，或许他的青春过往和两位兄弟很不一样，没有麦特稀的意外，也没有孟庆原的内敛，张扬的他拥有了一段属于自己的放肆的爱。每每回首，都会有一种说不出的悸动。

# 遇见你，就是此生最幸运的事

我们一生中会遇到很多人，有的擦肩而过，有的是泛泛之交，有的能交心、能建立信任，有的一眼万年却不得不遗憾错过……但无论如何，青春期有过的初恋，那个人生中遇到的第一个为之倾心、为之欢喜的人，总会让我们铭记一生。哪怕是其中的一些细节，也都会让我们难以忘怀。我想在书中分享的是，这种难忘并不等同于无法释怀。人生百态，可能大多数的初恋都没有走到最后，但不应一味觉得遗憾痛惜，毕竟记忆封存下来的所有美好，才是最宝贵的财富。能够在那个时刻遇见那个他/她，并展开一段旅程，留下美好回忆，就是此生最幸运的事。

对于书中人物而言，麦特稀的遭遇比较特殊，是常人无法体验的，因此属于他的初恋比较特别。尽管当下稀子与晴子已无交集，但那31天的经历，就是他一生中无可取代的美好回忆，那段时光也成为只属于他的人生限定……然而，正因为拥有这一切，在稀子的世界里，这世间所有美好事物都以晴子为名，他愿意奔赴这一场没有退路的命中注定！

番外中叙述的孟庆原和俊龙的故事，没有那么多意外的因素，更多是普通年轻人会遇到的情况。不过一个内敛懵懂，一个张扬放肆，完全属于两种极端、两种风格的初恋，但都在男女生心中留下了不可磨灭的印记。有了这两个故事，这本书才变得更完整，不仅是叙述某个人的故事，而且是对85后这一代人的青春的致敬，这也符合笔者写这本书的初衷。

这本书的完成，有别于其他书的出版，应该算是与当下新媒体发展的一次紧密结合。与之前我的另一本书《鸣聊体育：恒大足球访谈录》的出版过程很不一样，当然书的内容也属于两个领域。这本书腹稿打了两三年，但真正开始写特别快，我利用2021年疫情下联赛停摆的时间，全神贯注地写了三周，完成了全书的内容。随后经过长达一个月的修改，过程中也请设计师（蔡高峰、郭栋、魏渊昌、黄梓龙）完成了封面和插画的设计制作，率先在喜马拉雅客户端作为有声读物出版。直至2022年8月，我用了一周时间补充了番外，至此才开始进入书的出版流程。整个经历不能算一波三折，但绝对是一次全新的体验。

这本书能顺利出版，需要感谢老朋友"月夕"的助力，她远在加拿大，却非常关心本书的出版进度，积极提供帮助。在喜马拉雅音频分享平台，《青春就是仰望晴空》所有内容播放完毕后，她献声的读后感紧随其后上线，让整个有声读物的呈现更完整。此外，也要感谢主播琦琦献声，悦耳动听的音律让故事更有味道地呈现给广大受众。后期写的番外，月夕也参与了故事情节的设计，提供灵感，润色书稿，在这里真心对这位老朋友表示诚挚的感谢。

美好的回忆总是抢先一步，它会迫不及待地涌出，要我选择开场白。毕竟曾经我以为，世界上最美好的旅途，是走进爱人的心里，跑向他/她的每一步，充满了被需要的甜蜜；但现在我明白了，世界上最美好的旅途，是和我们所爱的人，一起走过的日子。跌跌撞撞的、刻骨铭心的、脆弱无助的，甚至是愤怒、绝望的……从一个人变成两个人，像一门没有正确答案的课程，我们只有笨拙地摸索，学习反复爱上对方，学习重新爱上自己，哪怕不断出错、一再失望，但我们都曾经那么努力地为它奋斗过，这些日子不会消失。一起经历的每一步，都证明了我们曾用力地、认真地、全心全意地生活过，所以我们一定会成为更好的人！今天在这里，面对过往我不会哭，因为我再也没有一点儿遗憾了……

　　所以说，遇见你，就是此生最幸运的事，我愿将世间所有美好事物都以你为名！谨以此书，纪念我们终将逝去的青春，希望这本书、这些故事可以让每一位读者产生共鸣。

大佬鸣

2023 年 4 月